引退した冒険者、
のんびりセカンドライフ始めました
~貸したものが全部チートになって返ってくる
スキル【絶対回収】でスローライフがままならない!?~
向原行人
illust. だぶ竜
JN078086

CHARACTERS
貸し武器屋の看板娘
エミリー
リキのレンタル武器屋を
手伝うことになった
元冒険者。
しっかり者で
お客さんからの人気者。
かつてリキに命を助けられ、
恩を感じている。
聖女の血を引く子孫
ソフィア
聖女の杖を手に入れるため
ベルタから預けられた
メイドの女の子。
聖女の子孫で魔力を持つ。
リキの家に同居しながら
お店を手伝うことになる。
戦いが嫌いなSランク冒険者
リキ
元アラフォーの社畜リーマン。
35歳で冒険者を引退。
趣味である武器収集と
貸したものが絶対返ってくる
スキル【絶対回収】を生かし
レンタル武器屋をオープンする。

Intai shita boukensha,
nonbiri second life
hajimemashita
リキの相棒
カール
リキの冒険者時代の相棒。
リキの絶対回収スキルによって
助けられていたため、
互いに絶対的な
信頼関係を築いている。
謎多き公爵令嬢
ベルタ
聖女の杖を探してほしいと
リキのお店に
やってきた公爵令嬢。
メイドのソフィアを預ける。
陽気な受付嬢
ティナ
冒険者ギルドの
新米受付嬢。
鑑定スキルをもつ。
陽気で明るいボケ気質。

ベルタ様から、貴方様にお仕え
するように言われているんです。
どうか、見捨てないでください！
いや、これは……
どうすれば良いんだ!?

引退した冒険者、のんびりセカンドライフ始めました

～貸したものが全部チートになって返ってくるスキル【絶対回収】でスローライフがままならない!?～

向原行人

illust. だぶ竜

Intai shita boukensha,
nonbiri second life
hajimemashita

目次

プロローグ　S級冒険者のオッサン、引退する

「その傷……このポーションを使ってくれ！　一つ貸しだが、いつも通り返さなくてもいい」

「リキ！　助かる。確かに借りたぜ」

魔物との戦いが終わり、相棒のカールにヒール・ポーションを渡す。

日本人だった俺がリキという少年に転生して以来、カールとは長年一緒に行動し、二人で最上位のS級冒険者まで上り詰めた仲だ。

もちろん、今更貸しだの借りだのなんて話は、本来必要ない。

だが、このいつものやり取りは、俺たちにとって重要な意味を持つ。

「ん……ふぅ。助かったぜ、リキ。しかしいくら数が多かったとはいえ、レッサー・ドラゴン如きに傷を負わされるとはな」

「まぁ俺たちも、いい歳だからな。若い時みたいに身体は動かないさ」

「おいおい、俺たちはまだ三十五歳だぜ？　……っと、ポーション、サンキュー。返すよ」

もう三十五の間違いだろ？と内心思いつつ、カールから空になったヒール・ポーションの容器を受け取ると、いつもの声が聞こえてくる。

『貸与品を回収しました。貸与前の状態に戻します』

スキルが自動で発動した時に聞こえてくるこの声が、誰の声なのかはわからない。だが、俺の「絶対回収」スキルにより、カールが飲み干した容器が、再び白い液体で満たされた。

このスキルは、誰かに物を貸して返ってきた時に、その物を貸出時の状態に復元するという効果があるので、本来使う度になくなってしまう消耗品が、何度でも使えてしまうという、物凄くコスパに優れたスキルだ。

ただ、人に貸す事が発動条件なので、自分で使ってしまうと元に戻らないのだが。

「……いつ見ても、リキの絶対回収スキルは反則だよな。まぁ、その恩恵にあやかっている俺が言うのもなんだけどさ」

「そうか？　金銭面で助かるのは確かだが、俺としてはカールの弓矢みたいな、戦闘系のスキルが欲しかったけどな」

この世界では、十六歳になると女神様から何かしらのスキルが授けられる。

何を授かるかは人それぞれで、自分で選ぶ事はできず、最低でも一つ。多ければ五つ程授かる人もいるらしい。

俺は二つのスキルを授かっていて、もう一つは「空間収納」スキルという異空間に持ち物を格納して、好きに取り出せる異世界転生で定番のスキルだ。

このスキルのおかげで、ガラス容器のポーションを大量に持ち運べるし、正に今街から遠く離れた、大きな岩や隆起が多くて歩き難い洞窟――ダンジョンの中にいるが、手ぶらで食料品や水を大量に持っていく事ができる。

「リキ。新手が来たぜ。お次はブルー・ドラゴンだ。雷神の矢を頼む」

「わかった。これも貸しだぞ」

「あぁ、借りだ」

さらに、弓使いのカールは戦闘に大量の矢を必要とするが、予め空間収納スキルに入れておけば、全く荷物にならず、動きが制限されないというメリットもある。

その上、俺の絶対回収スキルがあるので、先程のポーション同様、空になった矢筒を返してもらえば、射った矢が元通り矢筒に戻っているので、消耗品の補充が必要ない。

ただ、口約束でも貸した借りたという話をしないといけないので、毎回例のやり取りが発生してしまうのは面倒だが、冒険者パーティに必須だと言われるヒーラーを入れずに、二人でやってこられたのは、このスキルの存在のおかげだろう。

「おしっ！　翼を射抜いた！　後は任せたぞ、リキ！」

「あぁ、任せろっ！」

雷を纏《まと》った矢で翼を射抜かれたブルー・ドラゴンが落下してきたので、即座に駆け寄り、体勢を整えられる前に、その首を斬り落とした。

倒した魔物は、冒険者ギルドで素材として買い取ってくれるので、先程のレッサー・ドラゴンと同じく、空間収納スキルに格納して奥へ向かう。

何度か様々な魔物が現れるが、二人で倒して進んで行くと、巨大な扉が見えてきた。

「あれが例の祭壇か」

「おそらくな。だが、リキ。こういう場所にはお決まりの守護者がいるもんだぞ？」

「そうだろうな。悪いが、頼むよ」

「ふふっ、こうやってリキの趣味に付き合うのは何度目になるんだろうな」

カールにからかわれながら扉を開けて先へ進むと、洞窟の中とは思えない程に広い空間が広がっており、その中心に神々しい祭壇がある。

「古文書に書いてあった通りだな」

「あぁ。だが……出てきたぞ。どうせなら、この守護者の事も書いておいて欲しかったな！」

祭壇へ近付くと、奥から巨大な石人形……古代の魔法で作られたであろう、十メートルくらいありそうな大きなストーン・ゴーレムが現れた。

「カール、援護を頼む！」

「もちろんするが……俺の弓矢じゃ、前に遺跡で見つけた、悪魔も倒せる銀の矢を使ったとしても、ゴーレムにダメージは通らないぞ!?」

「これを！　貸しだ！　とにかく、その矢で攻撃し続けてくれ」

「えぇ!?　ひとまず借りるが……」

空間収納から矢筒を取り出してカールへ渡すと、俺も自分の武器を取り換え、ゴーレムに向かって走り出す。

目がないのに、どうやって俺を見ているのかわからないゴーレムが、その巨大な身体に見合わない俊敏な動きで俺を踏み潰そうとしてきた。

「この巨体で、この速さか……」

「リキ！　来るぞっ！　下がれっ！」

カールの忠告通り、足の次は巨大な拳が振り下ろされるが、一旦下がってそれを避ける。

「いっけぇぇぇっ！」

攻撃直後で隙だらけのゴーレムを、俺が持っている中で一番硬くて攻撃力の高い、オリハルコンのハンマーで殴り飛ばす。

全力でフルスイングした結果、俺の身体くらいある指にヒビが入った……だけだった。

並のダンジョンの守護者なら今の一撃で終わっているのだが、S級冒険者以外は立ち入り禁止と定められているだけの事はあるようだ。

「やっぱり正攻法は無理か。カール、さっきので頼む！」

「いや、そのハンマーで殴ってヒビしか入らないんだぞ⁉　いくら属性付与の矢といっても……」

「大丈夫だ！　俺を信じろ！」

背後からカールの不安そうな声が聞こえたものの、ひとまず矢が放たれる。

しかし、身体が石でできているゴーレムには矢が効かず、刺さる事はない。

そのため、ゴーレムはカールの事を気にした様子もなく、ひたすら俺に攻撃を仕掛けてくる。

一度でも避け損なえば確実に死ぬであろう、巨大なゴーレムの足が頭上に落ちてきて、時折腕で周囲を薙《な》ぎ払う。

だが俺はカールに攻撃を任せ、とにかく回避に徹する。

足が来ればバックステップで避け、腕が来ればゴーレムの真下へ滑り込んでしのぎ、時折カールの矢筒を回収して矢を充填して、また回避して……と繰り返していると、徐々にゴーレムの動きが鈍くなってきた。

「リキ！　俺の矢が効いているように思えないが、まだ続けるのか⁉」

「いや、そろそろ仕上げだ！　俺が離れたら、あの一斉射撃を頼む」

「それは構わないが……本当に大丈夫なのか⁉」

「あぁ！　じゃあ、行くぞっ！　カール、頼むっ！」

「アローレイン！」

タイミングを見計らってその場を離れると、カールのスキルで矢が雨のようにゴーレムへ降り注ぐ。

矢が収まって少し待つと、ゴーレムに近付き、再びハンマーをフルスイングする。

その一撃で太い右足が砕け、巨大なゴーレムが凄まじい音と衝撃と共に倒れた。

「え？　どうなっているんだ？」

「低温脆性《ていおんぜいせい》っていう現象があって……いや簡単に言うと、普段は硬い物でも凍らせれば脆《もろ》くなるものなんだよ」

「へぇー、だから氷結の矢が入った矢筒を渡したのか……というか、いくらそれを知っていたとしても、ゴーレムを引き付ける為に、あの即死攻撃を延々と避け続けたのは凄いな」

「俺はカールみたいに弓矢が使えないからな……っと」

カールと会話しながら、倒れたゴーレムの頭部に近付き、思いっきりハンマーを振り下ろすと、こちらも一撃で砕けた。

守護者……いわゆるダンジョンのボスを倒したので、空間収納へ格納し、目的の祭壇へ。

そこには王立図書館で閲覧した古文書に書かれていた通り、古い槍《やり》が置かれていた。

「これが神話に出てくる妖精の槍か……いやぁ、素晴らしいな」

「……俺には普通の鉄の槍に見えるんだが」

「いやいや、武器でありながら持ち手に細かい意匠が施されているだろ？　それに、どことなく神々しい感じがするし、作り手の気持ちが……」

「いや、うん。リキの武器マニアというか、収集癖は昔から知っているけど、これからはもうちょっと抑えた方がいいと思うぞ。客商売に鞍《くら》替えするわけだし」

気付けばカールにジト目を向けられていたので、愛でるのは後回しにして、槍を手に取る。

ずっしりとした重みを手に感じたところで、突然洞窟全体が激しく震えだした。

「あー、これは定番の宝を取ったら洞窟自体が壊れるやつか。ゴーレムに護らせた上に、こんな仕組みまで……よっぽど大事な槍なんだろうな。……俺にはわからんが」

「いや、この槍は……っと、妖精の槍の解説は帰ってからにするか。カール、貸しだぜ」

「あぁ、確かに借りた。……リターン！」

ダンジョンから脱出する帰還石というレアアイテムを渡して使用してもらったので、あっという間にダンジョンの外へ移動する。

「絶対回収……カール」

絶対回収スキルを発動させると、カールが使用して消滅した帰還石が俺の手の中に。

帰還石は、ポーションや矢筒と違って使うと消滅する類のアイテムだが、壊れたり消えたりしてしまったものでも、絶対に回収できるのが絶対回収スキルの凄いところだ。

ただ凄すぎるので、このスキルはカール以外に話した事はないが。


「いらっしゃいませ……あ！　リキさん、カールさん！　お帰りなさい！　その様子ですと、Ｓ級ダンジョンの踏破は成功みたいですね！」

ダンジョンから王都へ戻り、まずは冒険者ギルドに報告へやってきた。これからいろいろとやる事があるのだが、ギルドはこの世界の市役所みたいなものだから、後回しにできないんだよな。

「妖精のダンジョンの守護者を倒した。道中の魔物を含めた素材の買取を頼みたいのだが」

「はーい！　では、奥へどうぞー」

俺たちの担当をしている職員の女性に案内されて奥の大部屋へ行くと、早速ダンジョンで倒してきた魔物の素材を空間収納スキルから取り出していく。

「まず、これが守護者のストーン・ゴーレムだろ。それから、ブルー・ドラゴンが二体と……」

「ま、待ってください！　いつも言っていますけど、リキさんの空間収納が凄いのは知っていますから、少しずつ……少しずつお願いしますー！」

「悪いな。リキは、手に入れた武器を早く手入れしたいんだよ」

職員の女性が涙目になり、カールにフォローされ……いやまぁ早く妖精の槍を愛でたいのは事実だが、今回はそれだけではないんだってば。

途中から、他のギルド職員さんたちも加わり、少しずつ素材の鑑定が進んでいく。

「次は、シャドウ・ウルフが……二体だな」

「あの、各種ドラゴンに黒い狼《おおかみ》……って、さっきから災厄級の魔物ばっかりなんですけど」

「あぁ、さすがは古代の遺跡って感じだったよ」

「えっと、軽く仰っていますけど、あのダンジョンは調査だけで、王国騎士団が一隊丸々出動しているんですが」

「中から魔物が出てくる前に片付けられて良かったじゃないか」

「……あ、ハイ。ソウデスネ」

なぜか呆《あき》れられてしまったが……どうして俺たちの担当になるギルド職員は、代々呆れ易い人たちばかりなのだろうか。


「お待たせしました。今回もお城が買えそうな金額ですが、配分はどういたしましょうか」

「いつも通り一割が俺で、残りをカールに頼む。ダンジョンで手に入れた武器は俺が全て貰《もら》っているからさ」

「いや、待ってくれ。今回は半分ずつで頼む」

職員さんにいつもと同じ配分で依頼したのに、カールがとんでもない事を言い出す。

毎回ダンジョンの最奥で手に入れる武器は俺が貰っているし、その価値を考えると、魔物の素材を全部カールに渡しても俺が得をしているのだが。

「カール？　それだと俺が貰い過ぎだ」

「いいから、最後くらい受けとっておけって。これから店を始めるんだろ？　店そのものもそうだけど、内装を整えたり商品を仕入れたり、いろいろ物入りなんだからさ」

「……すまない。ありがとう」

「いや、礼を言うのは俺の方だ。正直言って、俺がここまでこられたのは、リキのおかげだ。

確か十五歳の頃だっけ？　一度、風邪で死にかけたかと思ったら、人が変わったように勉強を始めて、あっという間に古代語が読めるようになったり、魔物の弱点を突くようになったりしたからな」

　十五歳で日本人の記憶が戻ったからな。今の俺と前世の俺の記憶が混ざり合う間、一日中寝込んでいたのが風邪って事になっていたんだ。

　だが、それはさておき、そんな事はないだろう……とカールの謙遜を否定しようとしたところで、俺たちの会話に職員さんが口を出してくる。

「お、お待ちください！　最後とかお店を始めるとかってどういう事ですか⁉」

「いや、そのままの意味だが。以前から俺の趣味と実益を兼ねて、店を開きたかったんだ」

「も、もしかして私に何か粗相が⁉　お二人はうちのギルドのエースなんですっ！　急にそんな事を言われても困りますぅぅぅっ！」

「いや、君に悪い所なんてないよ。だけど、ギルドマスターには前から伝えているぞ？　俺は三十五歳になったら冒険者を引退するって。まぁカールが今後どうするかはまた別の話だが」

「えぇぇぇっ⁉　そんなの聞いていませんよぉぉぉっ！　マスター⁉　マスタァァァッ！」

　ギルド職員さんたちが大慌てで部屋を出ていったが、こればかりは譲る事ができないな。

　孤児院で育った俺は、冒険者として生きるしか道がなかったが、そもそも戦うことは好きではない。

十五歳ではなく、幼少の頃から前世の意識が目覚めていれば、絶対に違う生き方ができるように尽力していただろう。

「カール。改めて、今まで本当にありがとう」

「何言ってんだ、俺とリキの仲だろ。それより、店を開くって言っていたが、何の店を始めるんだ？　趣味と実益とかって、さっき言っていたが」

「ん？　あれ、言ってなかったか？　貸し武器屋を始めるんだ」

「なるほど。確かにそれは、リキの趣味が活きる上に、利益しかないな。貸した物が必ず元通りに戻るからな」

こうして俺は、三十五歳でＳ級冒険者を引退し、レンタルショップを始める事にした。

第一章　元S級冒険者のオッサン、店を開く

王都の冒険者ギルドで、引退の連絡を冗談だと思っていたというギルドマスターに泣きつかれた翌日。

S級冒険者として活動していた王都を離れ、俺とカールが生まれ育った孤児院がある、「シアネ」という小さな町へ戻ってきた。

ここは周囲を森に囲まれたのどかな町で、石畳が敷かれた通りに、オレンジ色のレンガで作られた家が並んでいる。

まずはお世話になった孤児院のシスターや町の人たちに、次いで町の中心にある冒険者ギルドへ挨拶をした後、商人ギルドの者に空き物件を紹介してもらう。

「こちらの物件はいかがでしょうか。一階がお店で、二階が住居になります。ただ、あまり広いお店ではないので、二階の部屋もキッチンやお風呂を除いて、三部屋しかありませんが」

「いや、凄くいいですよ。大通りから一本外れた、こじんまりした店で、近くに冒険者ギルドがある……理想通りです」

レンガ造りの物件で、一番人が多い大通りではないものの広い通りに面しており、尚且つガラス張りなので、外から中の様子がわかり易い。その上、近くにご飯屋さんが多いのも助かる。

日本でアラフォー社畜サラリーマンとして暮らしていた時からそうなのだが、基本的にコンビニ弁当というか、自炊せずに暮らしてきたんだよ。王都ではずっと宿屋暮らしで、食事も付いてきていたし。

まぁ炒飯《チャーハン》くらいなら作れると思うが、そもそもお米が売ってないんだよな。小麦ばっかりで。

……っと、日本のご飯を懐かしむのは危険なのでやめておこう。どれだけ食べたいと願っても、無理なものは無理だからな。

それから物件の売買契約とか、支払いなどを済ませる。

「お待たせいたしました。それでは、これよりこちらの店舗はリキ様のお店となります。誠にありがとうございました」

「いえ、こちらこそありがとう」

「また何か御入用でしたら、是非ご連絡ください」

やった！　遂に念願だった自分の店が持てる！　これで、武器のコレクションがさらに増えるはずだ！

喜びをかみしめつつも、やる事が本当に沢山あるので、一つ一つ済ませていく。

まずは商人ギルドへ行って開業届を出し、店を掃除して、机や椅子に、帳簿や筆記用具なんかの店に必要なものを用意して……と、あっという間に数日が過ぎ、レンタルショップの開店日となった。

「冒険者ギルドでチラシを配らせてもらったし、看板も作った。店を綺麗《きれい》にして、壁に神話級の武器も飾った。料金表や、貸出の決まりについても明記して、お客さんに不安を与えないようにした……準備は完璧だ！　いざ、オープンッ！」

満を持して店を開け……誰もいなかった。

さすがに、夜明けと共に店を開けたのは、ちょっと早過ぎたかもしれない。

ゆっくり朝食でも食べながら客を待とうと思い、昨日買っておいたパンをかじり、空間収納スキルから取り出した武器を磨いていく。

「って、いつの間にか、もう結構な時間じゃないか！」

ついつい武器の手入れに集中し過ぎてしまったが、とっくに外は明るくなっているし、通りにはそれなりに人が行き来している。

中には剣を腰に差した冒険者たちもいて……あ、向かいのご飯屋さんに入っていったか。

だがこの様子なら、お客が入ってくるのも時間の問題だろう。

そんな考えの通り、一時間程経って、二人組の若い男性がやってきた。

「いらっしゃい」

「えっと、ここは貸し武器屋……なんだよな？」

「えぇ。品揃《しなぞろ》えには自信があるので、まずはこちらを見ていただけますか」

早速、数日掛けて作った武器のリスト兼料金表を提示する。

剣だけでも、短剣、細剣、片手剣に両手剣など、細かく分類してある上に、種類も軽く百種類を超えているから、好きな武器を選び放題だ。

これだけの武器を揃えている店は、王都にだってないだろう。

「……これは？」

「当店でお貸しできる武器の一覧です。武器の等級と貸出期間で料金は変わってきますが、保証金なども不要で、どれでもお貸しする事ができます」

「……はぁ。じゃあ、例えば……これの料金は？」

「ロングソードですね？　こちらは一般的な販売価格が銀貨三十枚ですので、当店では一日銅貨三枚となります」

この世界では、概ね銅貨が百円で、銀貨が一万円、金貨が百万円といった感じだろうか。

もちろん日本とは売っている物も文化も違うが、三十万円の剣がワンコインで一日使えるなら、かなり安いはずだ。

ロングソードは市販されている、いわゆる普通の剣だが、しっかりメンテナンスしているし、空間収納に格納していて劣化しないので、新品同然できっと満足してもらえると思っていたのだが……。

「うわ……貸出で銅貨三枚って、高過ぎだろ」

「ギルドでチラシを見たから来たけど、これはないな」

「えっ⁉　お、お客さん⁉　ちょっと待っ……」

初めてのお客さんは、何も借りずに店を出ていってしまった。

「えぇぇぇ……これで高いのか⁉」

いやでも、目の前のご飯屋さんはランチが銅貨五枚だ。この価格設定が、物凄く高いとは思えない。

たまたま、さっきのお客さんたちには合わなかったのだろうと気を取り直し……暫く経って、ベテランといった感じの男性冒険者がやってきた。

先程の客と同じように対応したのだが、またもや武器を見る事すらなく、帰ってしまう。

「すまないが、他をあたる事にするよ」

なぜだ⁉　何がいけないんだ⁉

答えがわからないまま一日が終わり……ちょくちょくお客さんは来てくれたものの、誰一人として武器を借りてくれなかった。

オープンから数日経ち、未だに武器を借りてくれた人はいない。

資金はあるから、今すぐ店を畳まないといけないって事はないけど、このまま収入がないというのは困る。

「よし！　今日は店を閉めて、宣伝して回るか！」

どうせ店を開けていても、覗《のぞ》きに来る人はいても借りてくれないので、思い切ってこれまでと違う事をしてみよう！

そう思って、チラシを持って外へ。

「新しく、貸し武器屋がオープンしました！　新品同様の武器を格安で使えます！　保証料などもないので、是非来てみてください！」

人の多い大通りでチラシを配っていると、少女が足を止め、俺の顔をジッと見つめてくる。

「あれ⁉　えっ！　もしかして、リキさんですかっ⁉」

どうしよう。この少女は俺の事を知っているみたいだが、俺には全くわからない。

王都へ行く十七歳まではこの街にいたので、俺の事を知っている人がいてもおかしくはないが……二十年近く前だし、この少女はどう見ても日本で言う大学生くらいにしか見えない。

「すみません。どこかでお会いしましたか？」

「えぇっ⁉　私の事を忘れちゃったんですかっ⁉　よく見てくださいよー！」

よく見てと言われても、赤髪をポニーテールにした可愛らしい女の子で、話し方からしても元気で明るい。

革鎧《かわよろい》と革のズボンという姿なので、おそらく冒険者なのだろう。腰には星をモチーフにし

たような細剣が掛けられている……って、待てよ。この剣は見覚えがある。

攻撃力はそれ程高くないが、攻撃魔法の媒体として使える……要は、魔道士が使う杖《つえ》と同じで、魔法攻撃力が上がる、彗星《すいせい》の剣という武器だ。ただ武器自体は珍しいものではないのだが、剣と魔法を両方使う者があまりおらず、愛用している者が滅多にいないんだよな。

「それは……もしかして、エミリーか？」

「はい、そうです！　……って、リキさん。今、私の顔ではなくて、この剣を見て思い出しませんでした？」

「い、いや、そんな事はない……ぞ？」

エミリーに会ったのは、確か三年前だっただろうか。

駆け出しの冒険者パーティが戻ってこないと、ギルドから救助要請があって助けにいったんだ。

確か五人組で、あのパーティのリーダーが軽率な行動を取って五人全員がダンジョンのトラップに引っかかっていたんだっけ。

「久しぶりだが……どうして、こんなところにいるんだ？　王都で活動していたはずだろ？」

「それは……実は魔法学校に入学して、ちゃんと魔法を勉強しようかと思いまして。実家のあるこの街へ戻ってきたんです」

「あー、確か前に会った時は剣と魔法を両方使っていたっけ」

「はい。ですが、どちらも独学なので、このままでは中途半端になると思い、一旦冒険者を引退したんです」

なるほど。おそらくエミリーは、剣と魔法の両方のスキルを授かったのだろう。

戦闘系のスキルを一切授かっていない俺からすると羨ましい限りだが、だからこそ最初から魔法や弓矢といった扱いが難しいものを捨て、それに加えて前世の学生時代は剣道部だったから、迷う事なく剣だけに絞る事ができたとも言えるか。

「あの、私の事より、どうしてＳ級冒険者のリキさんが、こんな田舎街にいらっしゃるんですか？」

「あぁ、俺もこの街の出身なんだよ。冒険者を引退して、数日前から貸し武器屋を始めたんだ」

「えぇっ⁉　い、引退されたんですか⁉　まだお若いですよね？　どこか怪我をされたとか⁉」

「いや、俺はもう三十五……って、年齢とか怪我ではなくて、元から貸し武器屋を開く為に、冒険者をしていたんだよ」

「わぁ！　では、念願のお店を構える事ができたんですね⁉　あの、是非見せてください！入学試験は合格しているのですが、学校が始まる春までに自分の杖を探さなくちゃならなくて、いろいろ見てみたかったんです！」

エミリーによると、魔法学校はあくまで魔法の学校なので、彗星の剣ではなく、ちゃんとした杖を持っていかなければならないらしい。

「それは俺としてもありがたいな。悲しい事に、まだ一度も借りられていなくてさ」

「そうなんですか？　やったぁ！　じゃあ、私がリキさんのお店の初めてのお客さんですね！」

思いがけず、お客さんを見つける事ができたので、内心喜びながらお店へ。

「ここが、俺の店なんだ」

「綺麗に掃除されていて、ピカピカですね」

「あぁ。毎日欠かさず掃除しているからな」

「それはとても良いと思うのですが、肝心の杖とかは……？」

「武器の類は空間収納スキルに格納しているんだよ。だから、この一覧の中から好きな物を選んでくれれば、すぐに取り出すよ」

そう言って、エミリーに武器のリストを渡すと、静かにじっくりと目を通していく。

正直言って俺は魔法が使えないので、杖を自分で装備する事はないが、知識はある。

なので、剣と同じように火属性、水属性、風属性……と、その杖が持つ属性毎に分類しており、数もかなり多い。

とはいえ剣や槍とは違って使わない為、神話級の杖は一つも入手できていない。

有名どころだと、十の災いを起こすと言われる天罰の杖や、かつて聖女様が魔王を封印するのに使ったという聖女の杖、いかなる怪我や病気も治す事ができる蛇の杖など……存在は知っているのだが、古文書などを調べきれていなかったりする。

「なるほど。リキさん……まだ誰も武器を借りていないと仰いましたよね？」

「あぁ、そうなんだ。品揃え、品質、価格……どれも悪くないと自負しているんだが」

「リキさん、それです。原因は、品揃えと品質ですよ」

「え？　どういう事だ？　その一覧にある通り、かなりの種類があるんだが」

エミリーが、よくわからない事を言ってくる。

もちろん全ての武器があるわけではないが、それでも数はかなりあるはずなのに。

「そうですね……これは見てもらった方が早いかもです。リキさん、一緒に来てください」

そう言って、エミリーに手を引かれて再び大通りへ。

暫く歩くと、剣の絵が描かれた看板が見えてきた。

近くで見てみると、『中古武器店』と書かれていて、店の中には駆け出しと思われる若い冒険者数人が、熱心に武器を眺めている。

「なるほど。高い新品の武器を買わなくても、中古の武器屋さんがあるのか」

「それはそうなんですけど、私が言いたかったのはそれじゃないんです。まぁ中へ入ってみましょう」

店に入ると、不愛想な男性がカウンターの奥にいて、俺たちに目を向ける。

「……らっしゃい」

見た目通り挨拶もおざなりなのはともかく、カウンターの前に大きな籠が置かれていて、その中に武器が乱雑に突っ込まれていた。

さすがに剣とか槍とか、最低限の分類はされているようだが、適当に入れられているから、剣の刃と刃がぶつかっているし、客が籠の中の武器を漁るから、あれでは武器が痛んでしまう。

しかも、籠の中の武器は、お世辞にも品質が良いとは言えない。

一部が錆《さ》びている斧《おの》や、刃こぼれしている剣に、曲がった槍。よく見ると、籠に劣悪品と書かれて、値札が貼られており……なるほど。刃の欠けたロングソードで、銀貨五枚もするのか。うちだと一日銅貨三枚だから、同じ値段で新品のロングソードが百日以上借りられるんだけどな。

ちなみに、壁に掛けられている武器には優良品と書かれているのだが、おそらくメンテナンスをしていないのだろう。傷や錆が無数にあり……それらが新品の半額くらいの値段で売られていた。

「リキさん。そろそろ出ましょうか」

エミリーに手を引かれて店の外へ。

俺の店がある方向へ歩きながら、エミリーが話し掛けてくる。

「リキさん、さっきのお店はどう思いました?」

「安かろう悪かろうって感じかな。とにかく武器の質が悪い」

「はい。私もあのお店で武器を買った事はありませんが、駆け出し冒険者には重宝しているお店なんです」

「それは、安いから……だよな？」

「えぇ。冒険者になって最初の壁は、武器を手に入れる事ですから」

そうなんだよ。冒険者に登録したところで、ギルドが武器を用意してくれたりするわけもなく、自分の武器は自分で買わないといけない。

だから最初は、安全な場所で薬草採取とか、おつかいとか、街の掃除とかって仕事を請け、こつこつお金を貯めて武器を買うんだよ。

カールも冒険者になりたての頃は、木を切って自分で弓矢を作っていたし、幸か不幸か、俺は戦闘系のスキルがなかったから、開き直って何でもいいや……って、最初は棍棒《こんぼう》を振り回していたんだよな。

「さて、リキさん。さっきのお店にはお客さんがいて、リキさんのお店にはお客さんがいません。あのお店にある何かが、リキさんのお店にないからなんですが……わかりますか？」

「えっ？　難しいな……知名度とか？」

「それは確かにその通りですが、もっと根本的で、致命的な物です。これがないから、リキさんのお店ではお客さんが利用してくれないんです」

なんだろう。エミリーは自信たっぷりな様子だけど、店にいたのはほんの僅かな時間だというのに、致命的にダメな事に気付いたというのか？

うーん。店は向こうの方がちょっと広かった気がする。でも、ちょっと薄暗いというか、小汚い感じがしたな。

暫く考えているうちに、店に着いてしまったので、とりあえず思い浮かんだ答えを伝えてみる。

「えっと、店の歴史とか？」

「全然違います！　答えは……商品ですよ」

「え？　商品？　でも、それは空間収納に格納しているし、代わりにこのリストを……」

「リキさん。冒険者に限らず、誰もが字を読めるとは限らないんです。それに、こんなに沢山のリストを見せられても、結局どんな武器が借りられるかわからないんですよ」

あ……そうか。店を開く事になり、つい日本の感覚で誰でも読み書きができると思ってしまったけど、ここは異世界だ。食事処へ行けばメニューに絵が描かれているし、薬屋ではポーションを複数個買った場合の価格がわざわざ記されている。

あれは字が読めない人や、計算が苦手な人に向けて、わかりやすくしている為だったのか！

「それに字が読めたとしても、例えばこの海神の三叉槍《さんさそう》ですが、これだけ見てもどんな武器なのかわかりませんよ？」

えぇ……そうなのか？　海神の三叉槍は、その名の通り、海の神が使っていたという槍で、別名トライデントと……いや、これがダメなのか。俺からすれば、冒険者なら知っているだろうと思って書いていたのだが、そうでもないのか。

「わかった。じゃあ、全部……はさすがに出すスペースがないから、メジャーな武器を予め出して並べておく事にしよう」

「はい、それが良いと思います。そうすれば、さっき言った品質の話ですね。リキさんの商品となる武器の品質も、お客さんが見て確認できますし、料金が凄く安いって理解してもらえるかと」

　確かに先程の中古武器の品質はもの凄く悪かった。もしも、これまでうちに来たお客さんに、あの品質の武器を貸し出すと思われていたら、一日銅貨数枚でも高いと感じるだろう。

「なるほど！　わかった！　ちょっとだけ待っていて欲しい。すぐにやるから」

　エミリーにアドバイスしてもらった通り、いくつか武器を出して机に並べ、料金を書いた紙を添えておく。

　さすがに、さっきの中古武器店のように、籠の中に武器を乱雑に入れるというのは俺が我慢できないので、時間を見つけてショーケースのようなものを追加発注しないとな。

「えっ⁉　リキさん！　このウィザード・ロッド……未使用品ですよね⁉　これが一日銅貨五枚で借りられるんですかっ⁉」

「あぁ。さっきのリストにも載せてあったんだが……そうか。載せ過ぎで見つけてもらえなかったのか」

「はい。すみません、気付いていませんでした。お借りしてもいいですか？」

「あぁ、もちろん。じゃあ、それをエミリーに貸すよ」

「ありがとうございます。えっと、銅貨五枚ですよね。では、七日分お願いします」

エミリーにはいろいろアドバイスしてもらったし、無料で貸すつもりだったのだが……いや、せっかくだから店の運営の練習もさせてもらおうか。この銅貨三十五枚分は、後でご飯か何かを御馳走《ごちそう》させてもらって返そう。

予め用意しておいた帳簿に、武器名と期日と料金を記載し、エミリーに渡す。

「では、こちらに名前を書いてくれるかな？」

「はい！　えへへ、一番目の名前が私ですね」

サラサラと綺麗な字で名前を書いてもらったので、これで貸し借りの契約は完了だ。

もちろん口約束だけでなく、書面でのやりとりで絶対回収スキルが発動するのも確認済みなので、これで仮にエミリーが杖を折ってしまったとしても、回収時に今のこの状態に復元される。

俺としては保証料なども不要で、武器を貸す事ができるので、ノーリスクで商売ができるはずだ。

エミリーは知人なので、厳密には初めてのお客さんではないかもしれないが、とにかく第一歩を踏み出す事ができた……と思っていると、三人組の冒険者がやってきた。

「いらっしゃいませ」

「いらっしゃいませー！　お兄さんたち、運がいいですよー！　見てください！　今はお店がオープンしたばかりですので、どれも武器が新品なんです」

おっと。どうやらエミリーが接客の手本まで見せてくれるようだ。せっかくなので、しっかり勉強させてもらおう。

「確かに……すげぇ！　この剣も槍も、新品だ……って、一日でたった銅貨三枚⁉　この新品のロングソードが⁉」

「はい！　そうですよね、店長」

「え、えぇ。もちろん、記載通りの料金で、保証料などもいただいておりません」

エミリーがウインクと共に話を振ってきたので説明すると、他の二人も店内を見始めた。

「こ、これはもしかして、鎧も貫くって謳《うた》い文句のアーマー・キラーかっ⁉　買えば金貨数枚を要するはずなのに、それが銅貨数十枚で借りられるだとっ⁉」

「ま、待ってくれ！　この槍、銀でできてないか⁉　アンデッド系に攻撃できる武器なのに、これも銅貨数枚って……この店はどうなっているんだっ⁉」

三人が店内を見て回り、三人とも武器をレンタルしていった。この数日間、俺一人で試行錯誤してみたけど、全く借りられる事がなかったのに。

「す、凄い。エミリーのおかげだよ！」

「あはは。命の恩人のリキさんのお力になれて、本当に良かったです」

「……えっと、エミリーも知っている通り、ここに並べたものは、俺が持っている武器の極一部なんだ。もしよければ……給料もちゃんと払うから、少しお店を手伝ってもらえないだろうか。もちろん、魔法学校に入学するまでの間だけでも構わないからさ」

「えっ!? むしろ、いいんですか？　春までの中途半端な期間だけしか働けないのに、雇っていただいて」

三つの武器が借りられていったので、空いたスペースにまた違う武器を置く事ができるのだが、エミリーの意見を参考にした方が、より利用される気がする。

なので、ダメ元でエミリーに協力してもらえないかと聞いてみたら、思いの外いい言葉が返ってきた。

「魔法学校が始まるまでの間、何かのお仕事はしたかったんですよ。けど、入学前に怪我はしたくないから、冒険者じゃなくてお店で働きたかったんです。でも入学まで半年もないじゃないですか。だから、どのお店でも迷惑を掛けちゃうと思って……是非よろしくお願いいたします！」

「いや、こっちこそ、本当に感謝しているんだ。思った事とか、気付いた事は何でも言ってくれると助かるよ」

　非常に強力な助っ人、エミリーに従業員として働いてもらう事になり、給料の話を詰め、俺の絶対回収スキルについて軽く説明する。

「えっ⁉　貸した武器を返してもらったら、貸す前の状態に戻るんですか⁉」

「あぁ。だから、お客さんに武器を貸す手続きだけは、必ず俺がやらないといけないんだ」

「わかりました……けど、凄いスキルですね」

「まぁ便利なスキルではあるよ。ただ、エミリーを信頼して話したけど、他言無用で頼むよ」

「はいっ！　わかりましたっ！」

　軽くではあるが、一通り説明を終えたところで再び冒険者たちがやってきた……って、随分と大人数だな。

「あ、あのっ！　ここで、銅貨数枚で新品の武器が借りられるって自慢され……じゃなくて、聞いてきたんですが」

「いらっしゃいませー！　さっきのお兄さんたちのお知り合いかな？　ここに置いてあるものは全て格安で借りられますので、是非見ていってくださいねー！」

　なるほど。先程のお客さんたちが他の冒険者たちに話してくれたのか。

　早速エミリーが店員さんとして対応してくれて……またもや、全員がそれぞれ武器を借りていってくれた。

それから、客が客を呼び……どんどん忙しくなっていく。

「ありがとうございましたー！」

あっという間に閉店時間を迎え、最後のお客さんが帰ったので、店を閉める。

「エミリー……大丈夫？」

「え？　何がですか？」

「いや、かなり忙しかったからさ」

「何の問題もありませんよ？　実家が飲食店なので、ランチタイムとかはもっと忙しいですし」

「そうなんだ。いや、本当にエミリーがいてくれて助かったよ。とりあえず、晩御飯にしようか。何か食べたいものはある？」

今日のお礼を兼ね、予定していた通りエミリーに何でも好きな物を御馳走するという話を伝えると、パァっと顔が輝き……すぐに悲しそうな表情を浮かべる。

「すみません。是非ご一緒したいのですが、今は実家にいるので、母が夕食を用意してくれているんです」

「あ、そうか。それなのに、こんな夕食時まで働いてもらって、本当に申し訳ない」

「い、いえ。それは大丈夫です。あの、よろしければ明日、ご一緒してもいいですか？」

「それはもちろん構わないけど、親御さんは大丈夫なの？」

「はい！　全く問題ありません！」

エミリーが、明日の夕食を凄く楽しみにしている……と言って、帰っていった。

しかし、いくらこの世界が十六歳で成人扱いとはいえ、エミリーはまだ十九歳だ。日本人の感覚からすると、まだ大学生くらいなので、三十五歳の俺と一緒に夕食というのはマズかったかもしれない。

「……何かお礼の品をプレゼントする事にしよう」

早くしないと、他の店も閉まってしまうので、明日の開店準備を後回しにして、薄暗い街の大通りへ。

しかし残念な事に、俺は女性に贈り物なんて、この世界でも日本でもした事がない。十九歳の女性が喜ぶものって何なんだ？

幸い雑貨屋さんが開いていたので、女性店主に可愛らしい髪飾りを見繕ってもらうと、万が一にも落としたりしないように、空間収納スキルで格納しておいた。

それから店に帰ろうとして、まだ入った事のない食事処を見つけてしまい……知らないご飯屋さんを見つけると、入ってみたくなるんだよな。

「いらっしゃいませー！」

「すみません。一人ですが、いいですか？」

「はい、もちろん！　こちらの席へどうぞー！」

カウンターと、テーブルが三つのこじんまりしたご飯屋さんで、テーブル席は全て埋まっている。きっと、安くて旨い店なのだろうと思い、店員さんのオススメメニューを注文すると、すぐに料理が運ばれてきた。

グレート・ファルコンのソテーという、この街の定番料理だ。うん。塩コショウがしっかり効いていて美味しい。ただ、全く同じ名前の人間を襲う危険な魔物がいるんだが……べ、別の鳥だと思っておこう。この街のご飯屋さんでは、どこのメニューにもある超定番メニューだし。

極力、この肉の正体については考えないようにしながら、美味しく料理をいただいていると、奥のテーブルから大きな声が聞こえてきた。

「ダグラスさん、見てくださいよ！　これ、凄くないですか⁉」

「ん？　なっ、お前……これ、アイアン・アックスか⁉　しかも新品とは……お前らの稼ぎではかなり頑張ったんじゃないのか？」

「いえ、そうじゃないんです。これ、借りたんですよ」

「え？　借りた？」

「はい。冒険者ギルドにチラシが貼ってあった貸し武器屋の店に行ってみたんですけど、このアイアン・アックスが一日銅貨一枚で借りられるんです！　メチャクチャ安いんですよ！」

「いや、さすがにそれはおかしいだろ。アイアン・アックスだぞ⁉　買えば銀貨十枚程度になる武器が、銅貨一枚で借りられるなんて、あり得ねぇ！」

これは、うちの店の話だなと思って目を向けると、駆け出しと思われる若い冒険者が、中堅冒険者に武器を自慢していた。

今日、店にお客さんが沢山来てくれたのも、こうしてお客さんが仲間に宣伝してくれているからなのだろう。

ありがたく思いながらも、評判が気になるので、聞き耳を立てながら食事を続ける事に。

「お前、それ絶対に騙《だま》されてるぜ。そんなはした金で借りられる武器じゃねぇし、どうせ保証料とかをたんまり取られているんだろ？　で、返す時に保証料が返ってこないって、騎士団に泣きつく事になるんだよ」

「いいえ、それがですね。あのお店は、保証料不要なんです。実際、僕も五日間分の銅貨五枚しか払ってないですし」

「甘い！　甘すぎる！　断言してやるが、その武器を返しに行く時に、絶対に揉《も》めるぜ！　やれ、傷が付いているとか、汚れているとかって言われて、修理代金を請求されるんだ。他の奴らも覚えておけよ。一見、良い話に聞こえるだろうが、その店には絶対行くな！」

あ、これはダメなやつだ。ダグラスと呼ばれていた男が、店にいる客全員に向けて、根も葉もない悪評を言い出した。普通に営業妨害なのだが、この世界ではこれくらいでは騎士団――日本でいう警察が動いてくれないんだよ。

というのも、騎士団は冒険者ギルドでは手に負えない魔物退治や、他国との戦争に駆り出され、その上、そこら中で武器が買えるだけあって、町民の揉め事よりも凶悪な事件の対応をしているからな。

仕方がない。勝手に他人の話に入っていくのは嫌だが、自衛しなければ。

「お話し中にすみません。私はそのアイアン・アックスをお貸しした、貸し武器屋の店主ですが、例え使用中に壊れてしまったとしても、修理代などを請求する事はありません。ですので、安心してご利用いただければと」

「は？　おい、このオッサンは、本当に店の奴なのか？」

「えぇ。確かに、こんな感じの人だったと思います。あの、ダグラスさん。さすがに謝った方がいいと思います」

そう言って、うちで武器を借りてくれた、何も悪くない若手冒険者が頭を下げる。

「いいえ、最近始めたばかりのお店ですので、ご心配されるのはごもっともです。ですが、先程申し上げた通りですので……」

「へぇ。という事は、ここで俺がこの武器を壊したとしても、何も請求しないんだな？」

「請求はいたしませんが、武器が可哀想ですので、故意に傷付けるのはやめていただけますでしょうか」

「はん！　何が、武器が可哀想だ！　武器が喋《しゃべ》るわけねぇだろ！　貸せっ！」

ダグラスが若手冒険者からアイアン・アックスをひったくると、石床に向かって振り下ろす。

片刃の刃を上向きにして。

アイアン・アックスは、鉄の棒の先端に刃が付けられた、駆け出し冒険者向けの武器だ。言い換えると、武器の中では安物の部類となる。

そのため、持ち手の部分となる鉄の棒はそこまで太くなく、ダグラスが故意に石畳へ叩《たた》きつけたため、鉄の棒が曲がってしまった。

「だ、ダグラスさん⁉　一体、何を……」

「悪いな、手元が滑ったんだ。だが、修理代は払わなくていいんだろ？」

こいつ……絶対回収スキルで返してもらった時に直せるからいいものの、人の武器を何だと思っているんだ⁉

「……修理代は結構ですが、先程も申し上げた通り、故意に壊そうとするのはやめてもらいたいですね」

「あぁ、悪い悪い。次から気を付けるわ」

ダグラスがニヤニヤ笑みを浮かべながらアイアン・アックスを若手冒険者に返す。

……正直言って、一発殴ってやろうかと思う程には腹が立つ。

だが、他にも冒険者の客がいるし、ここは我慢だ。いや、むしろこれを利用して宣伝してやるくらいにならなければ。

「お客様。一度、そちらの武器を返却いただけますか？」

「え？　あ、はい」

若手冒険者からアイアン・アックスを受け取ると、絶対回収スキルが自動で発動し、いつもの声が聞こえてくる。

『貸与品を回収しました。貸与前の状態に戻します』

だが、この声は俺にしか聞こえない事をカールから確認済みなので、露骨に大きな声で叫ぶ。

「リペア！」

もちろん俺は、リペア――修理スキルなんて使えないが、曲がったアイアン・アックスが絶対回収スキルで元の状態に戻る。これにより、周囲の冒険者たちは俺が修理スキルで武器を直したように見えたはずだ。

「……と、このように、私が修理スキルを使用できるので、お客様が使用中に武器を壊されてしまっても、修理代を請求する事はございません」

「うわぁ！　凄い！　一瞬で直った！」

「お客様、どうぞ。では、再びお貸しいたしますね」

「はいっ！　えっと、お借りします！　ありがとうございます！」

悲壮な表情を浮かべていた若手冒険者がアイアン・アックスを受け取り、笑顔が戻る。

「なるほどなぁ。新品同然にまで修理できるなら、確かに保証料などは要らないよな」

「俺も明日、ちょっと覗いてみようかな。そろそろ武器を新調したかったから、購入する前に

安くお試しできるのは助かる」

ダグラスという男にはムカついたが、他のテーブルの冒険者たちが、レンタルショップに興味を持ってくれたので、宣伝としては良かったのではないだろうか。

ただ、これだけは言っておかなければならないが。

「皆様、繰り返しにはなりますが、故意に武器を傷付けるのは、ご勘弁ください。あと、一応お伝えしておきますが、私の修理スキルは、自分の商品にしか使えないという特殊な条件がありますので、お客様の装備を持ち込み修理などはできない事を、ご了承願います」

基本的に修理スキルが使えるという演技は、今回のような場合にしか行わないつもりだが、持ち込んだ装備は直さないのではなく、直せないと言っておかないと、思わぬトラブルになってしまうかもしれないからね。

宣伝もできたし、そろそろ帰って明日の開店準備をしようと思ったのだが、背後から苛立った声が掛けられる。

「おい、待てよ。オッサン、よくもこの俺様に恥をかかせてくれたな」

「恥を……というか、私は店の悪評を否定しただけですが」

「うるせぇっ！　ただの修理屋の分際で、C級冒険者の俺様をコケにしやがって！」

そう言って、ダグラスが腰の剣を抜く。

やれやれ。隙だらけだし、足の運びも雑だし、うちは修理屋ではなく貸し武器屋なのだが、何より手にした剣、スティール・ソードの手入れがなってない。あれでは剣が可哀想だ。

「死ねぇぇぇっ！」

狭い店の中で剣を振り回されるのは危ないし、店員さんが恐怖で怯《おび》えている。後で冒険者ギルドに通報しておくか。

ダグラスが叫びながら突っ込んで来たので、半歩横に避けながら足を引っかけ、剣を握る腕を軽く突く。

「うぐっ！」

倒れながら呻《うめ》くダグラスから剣を奪い取ると、万が一にも誰かに当たったりしないように剣を捨てる……というのを素早く行うと、ただダグラスが足をもつれさせて、コケただけに見える。

「おいおい、飲み過ぎじゃないのか？　それより、そっちの兄さんは大丈夫かい？」

「いえ、勝手にこちらの方が倒れただけで、私は大丈夫ですので」

「ダグラスさん……ダセェっす」

よし。狙い通り、周囲の客は俺がダグラスを倒したとは気付いていないようだ。

「えっと私、騎士の方を呼んできます！」

店員さんが走って店を出ていく一方で、店にいた他の冒険者たちがダグラスを取り押さえる。

「まったく。同じ冒険者として恥ずかしいぜ」

「酔っていたとはいえ、店で剣を抜いたんだ。暫く臭い飯を食うんだな」

「どうして俺が……くそがぁぁぁっ！」

この後、店員さんと共に騎士団がやってきて、ダグラスが連行されていった。

もちろん、お店の人やお客さんたちが証言してくれて、俺には一切お咎《とが》めはない。というか、そもそも本当に俺は悪い事を何もしていないからな。

ただ、取り調べでダグラスがある事ない事を言ったのだろう。

翌日の閉店間際に騎士団がレンタルショップにやってきて、一応の聞き取りだけはさせて欲しいと言ってきた。

「もぉ！　本当だったら、ご飯に連れていってもらうはずだったのに……」

「すまない。この埋め合わせは必ずするよ」

「絶対ですよー！」

ダグラスの一件について事前に説明し、念の為に夕食は中止にしようとエミリーに話し、昨日買った髪飾りもプレゼントしておいたのだが……それでも頬を膨らませられてしまった。

夕食を御馳走すると言っていたから、家にご飯が用意されていないからだと思うが、悪い事をしてしまったな。

それから、店の中で騎士から簡易な聞き取りが行われる。

「俺が先に剣を抜いた？　あの、確かに貸し武器屋を営んでいますが、食事に入っただけなので、手ぶらですが……というか、今は冒険者でもないので、用がなければ武器は持ち歩きませんよ」

「ですよね。他の方からも手ぶらだったと聞いています。あと、貴方が魔法を使ったとも言っているのですが」

「俺が魔法を使って、あの男性を転ばせた？　あの、俺は魔法を使えないんですけど」

「えぇ。貴方が魔法を使えない事は、冒険者ギルドで確認済みです」

「あと、向こうが正当防衛を訴えている……と言われても、こっちは被害者なんですが」

予想通り、ダグラスがメチャクチャな事を言っていたようだ。

「すみませんね。我々も、あの男が苦し紛れに嘘《うそ》を吐《つ》いているという事はわかっているのですが、規則で一応相手側にも聞き取らなくてはならなくて」

「いいえ、お仕事ご苦労様です」

「そう言っていただけると助かります。尚、店の従業員や客から、貴方は一切悪くないと聞いておりますので、この聞き取り以外で何かご迷惑をお掛けする事はないかと」

聞き取りをしていた騎士さんが謝罪し、引き上げていった。

やれやれ。変な事に巻き込まれてしまったけど、お店を経営していたら、また何かしらのトラブルが発生するんだろうな。

小さく溜《た》め息《いき》を吐きつつ、翌日の開店準備をする事にした。

第二章　元S級冒険者のオッサン、面倒な依頼を請けてしまう

ダグラスの一件があってから、数日が過ぎた。

この間に、アイアン・アックスを貸した若手冒険者が謝罪しにやってきたり、あの食事処にいた別テーブルの冒険者たちが武器を借りてくれたり、いろいろあったが、お客さんが物凄く増えた。

だからだろうか。昼休憩の為に店を閉めているというのに、困った客がやってきた。

というのも、白馬を四頭繋《つな》いだ大型の馬車が店の前に停まったので、二階の窓から様子を見ているのだが、一向に動こうとしない。

おそらく昼休み中という看板を見たのだろう。店が開くまで待つのだと思われるが、この辺りはご飯屋さんが多いので、大型の馬車は通行人や他の店の邪魔になる。

「はぁ……ちょっと行ってくるよ」

「リキさん、私も行きますよ？」

「いや、あの馬車からして、相手は貴族だと思う。面倒な事になりそうだし、エミリーは休憩していてよ」

エミリーを二階の休憩室という名のリビングに残して、一階へ。

しかし、貴族か。冒険者をしていた時に、スタンピード――魔物の大量発生が起こり、どこかの街を救う為にカールと魔物を倒しまくった事がある。

あの時、街を治める何とかって伯爵が直接褒美を授けたいって言ってきて、断ったにも拘らず貴族に恥をかかせるなとか、ギルドの立場が……とか、とにかく面倒臭かった。

その上、褒美を授けたいと言ったのは向こうなのに、社交界のマナーだとか、貴族の礼儀とか、うんざりした記憶がある。

……と、いろいろと貴族には思う所はあるが、冒険者とは違い、店を開いていて貴族に目を付けられると面倒な事にしかならないので、全て飲み込んで笑顔で店の外へ。

「お客様。当店に何か御用でしょうか」

馬車の御者台にいる男性に声を掛けると、返事の前に馬車の扉が開かれ、若い騎士にエスコートされた金髪の綺麗な女性が降りてきた。

豪華なドレスに身を包み、いかにも貴族令嬢といった二十歳くらいの女性が、切れ長の目で値踏みするかのように俺を見つめてくる。

「貴方が、この貸し武器屋の店主ね？」

「えぇ、その通りです。当店にどのような御入り用でしょうか」

「この店に、聖女の杖はあるのかしら」

聖女の杖……って、神話に出てくる魔王を封じた杖の事だろ？　残念ながら、杖は普通の杖しか置いてないんだよな。

「あいにく、聖女の杖は扱っておりません。少し違いますが、聖女様と共に魔王と戦った、勇者が使っていたと言われる聖剣ならありますが」

「――っ！　聖剣なんてものは要りません。私は封じる力を持つ、聖女の杖を探しているのです」

ええ……そんなに睨《にら》まなくても。

まぁ、杖を探している魔法使いに、使えない剣を薦めたら怒るのは当然か。

「ですが、聖剣があるというのは、さすがはS級冒険者ですね」

「……私の事を調べられたのですか？」

「ええ。品揃えが凄いという噂を耳にしましたが、足を運ぶ価値があるか否かを調べるのは当然の事でしょう？」

まぁ相手は貴族だろうから、仕方がないか。

この女性が自分の手で調べなくとも、直立不動で立っている護衛っぽい騎士や、執事とかに言えば何かしら調べるだろうし、冒険者ギルドとしても、貴族が相手なら個人情報でも開示せざるを得ないからな。

「貴方、武器を収集するのがお好きだと聞いたのだけど」

「その通りです。この店も、趣味が高じて始めたようなものです」

「では、聖女の杖も入手してみない？　もちろん、売って欲しいわけではなくて、少し貸していただければ十分なの。先程の聖剣同様に、貴方のコレクションに加えていただいて構わないわ」

「そうですね。持っていない聖女の杖を、手に入れたいという気持ちは正直あります。ですが、後程ご覧になればわかりますが、ありがたいことに店も繁盛しておりますので、どこにあるのかもわかっていない聖女の杖を探しにいくのは難しいですね」

「えぇ。このお店に人気があるというのは聞いております。ですから……来なさい」

女性が馬車に向かって声を掛けると、小さなカバンを持った、メイド服姿の銀髪少女が降りてきた。

こちらの少女は、十代半ばといったところだろうか。エミリーよりも幼く見える。

「この娘は、聖女の血を引く子孫なの。聖女の杖を手に入れる為に、何かの役に立つと思うし、どのように使ってもらっても構わないわ。店番でも、調べ物でも、もちろんメイドとして家事をさせても」

「……はい？　あの、どういう事でしょうか」

「聖剣を手に入れる事ができたＳ級冒険者の貴方を見込んで、この娘を貸すと言っているの。もちろん、この娘の給金や食費、聖女の杖を手に入れる為に掛かった経費は全てこちらで持つし、聖女の杖を入手した際に相応の報酬も支払うわ」

「ちょ、ちょっと待ってください！　俺……いえ、私はその杖を探すとは……」

「そうそう。私はラッセル公爵家のベルタというの。聖女の杖を入手したら、連絡を寄越して頂戴ね」

くっ！　よりによって、貴族の中でも階級の高い公爵家……しかも、この町の領主のご令嬢か。

ベルタと名乗った女性が、俺の制止を無視して騎士と共に馬車へ戻ると、僅かに窓が開く。

「貴方ならできるでしょう？　期待しているわ」

一方的にまくしたてられ、馬車が走り去っていく。

マジか。無視したいけど、相手は辺境を領地としている……公爵の中では力が弱いと思われるが、それでも公爵令嬢なんだよな。冒険者のままだったら無視して別の街へ移ればいいが、店舗を構えている以上、領主の娘の依頼を無下にできない。

「あ、あの……私はソフィアと申します。ベルタ様から、貴方様にお仕えするように言われているんです。どうか、見捨てないでください」

しゃがみ込んで頭を抱えていると、公爵令嬢に置いていかれた少女が、不安そうに話し掛けてくる。

「……一応、聞くだけ聞いてみるが、もしも俺が君を追い出したりしたら、どうなるんだ？」

「そ、それだけはどうかご勘弁を！　私は両親も他界しておりまして、行く当てもなく彷徨《さまよ》っていたところをベルタ様に拾っていただいたんです。ここを追い出されてしまったら、私はどうすればいいのか……」

「いや、すまない。もちろん追い出したりはしないが……ちょっと考える時間が欲しいんだ」

そう言うと、ソフィアが捨てられた子犬みたいな、悲しそうな目で見つめてくる。

いや、これは……どうすればいいんだ⁉

「こ、ここではなんだし、とりあえず店に入ろうか」

立ち話で済ませられるような話ではなさそうだし、時間もかかる気がしたので、臨時休業と書いた紙を店の扉に貼り、ソフィアを連れて店の二階へ。

「リキさん。大丈夫でしたか……えっ⁉　り、リキさん⁉　この娘は⁉　何がどうなっているんですかっ⁉」

階段を上がるとすぐにリビングがあるため、エミリーが走り寄ってきたのだが、ソフィアを見て驚きおののく。

まぁいきなり、メイド服を着た十代半ばの少女を連れてきたら、そうなるよな。まだ白い眼を向けられていないあたり、エミリーに優しさを感じる程だ。

「ひとまず、順を追って説明するが……まずこの娘はソフィアで、こっちはエミリー。いろいろあって、ソフィアにはこの店で働いてもらう事になったんだ」

「あ、ありがとうございますっ！」

「えぇっ⁉　り、リキさん！　私はっ⁉　私はどうなるのっ⁉」

ソフィアが涙目で何度も頭を下げ、それを見たエミリーが顔面蒼白《がんめんそうはく》で、俺にしがみ付いてくる。

とりあえず、説明……説明させてくれっ！

「……というわけで、さっき店に来た公爵令嬢が、強引に聖女の杖を探して欲しいと言っていて、その支援の為にソフィアを残していったんだ」

ベルタとのやり取りをエミリーに説明すると、ソフィアが深々と頭を下げる。

「改めまして、ソフィアと申します。全力で頑張りますので、どうかよろしくお願いいたします」

「うーん。相手が公爵家の令嬢となると、確かにどうしようもないけど……えっと、リキさん。私は……」

「いや、もちろんエミリーには、是非ここにいてもらいたいんだ。エミリーのおかげで、こうしてお店にお客さんが来てくれるようになったんだしさ」

そう言うと、エミリーがほっとした表情で胸を撫《な》でおろす。

「……リキさんと一緒に働けなくなるわけじゃなくて、本当に良かった……」

「ん？　エミリー、何か言った？」

「えっ⁉　い、いえ、何でもないですよ？　え、えっと、一つ確認したいんですが、そもそも聖女の杖って存在するんですか？　あれって神話というか、お伽噺《とぎばなし》の類だと思っていたんですが」

　エミリーが何か呟《つぶや》いていたような気がしたけど……それより聖女の杖か。

　まぁ普通の人は、魔王とか聖女とかって言われても、ピンとこないだろうな。

「聖女の杖が今どこにあるかは調べてないからわからないけど、存在はすると思うよ」

「えー、そうなんですか？」

「うん。聖女の杖ではないけど、同じ神話に出てくる聖剣なら持っているから」

　そう言って、空間収納から聖剣を取り出してみせる。

　何の装飾もない、ただのロングソードに見えるけど、持つだけで力が湧いてくる不思議な効果があるし、聖属性の攻撃に弱い悪魔や魔族といった魔物に絶大な効果があるからね。

「うーん……普通の剣に見えちゃいます」

「じゃあ、ちょっと握ってみて」

「何となく、身体が温かくなっている……かも？」

　エミリーが聖剣を握ったけど、その力をあまり感じられないらしい。

　……あ、そうか。聖剣の持つバフ効果は、使用者の腕力を二割増加させるというものだ。エミリーは元々の腕力が高くないから、割合で増加しても、それ程効果がないのか。

「ちょ、ちょっと待ってください！　あの、リキ様！　今、そちらの剣はどこから取り出されたのですか⁉」

「あぁ。俺は空間収納スキルを授かっているからね」

「空間収納スキル！　凄いです……」

「それよりも、ソフィア。リキ様っていうのはやめて欲しいかな。俺は貴族ではないし、ソフィアを雇っているのは、あくまでベルタさんだろ？」

「だ、ダメですよー！　ベルタ様から、厳しく言われておりますので」

ええ……俺は様付けで呼ばれるような人物ではないのだが。

しかし、ソフィアが頑なに拒み、かつ相手が公爵令嬢という事もあって、結局俺が折れる事になってしまった。

「ところでリキ様。私は何をすればよろしいでしょうか」

「うーん。今の所、これと言ってないような……」

店内はそれ程広くないから、接客や対応は俺とエミリーがいれば大丈夫だ。在庫整理は空間収納スキルを使っているから必要ないし……いやいや、違った。

ベルタさんは聖女の杖を探して欲しいと言って、ソフィアをここへ残していったのだから、それを無視するわけにもいかないか。

「公爵令嬢の依頼を何とかするなら、エミリーとソフィアに店を任せて、俺が古文書などを調べる事になるのだが……ソフィアはできそうか？」

「ふぇっ⁉　み、見ての通り、私はメイドとして働いてきたので、掃除や洗濯はやった事がありますが、接客はやった事がないです。それに、申し訳ないのですが、私はこちらのお店が何のお店かもよくわかっていないですし……」

「ここは、冒険者に武器を貸し出す店なんだ。武器には全て値札を付けているし……あ、待った。やっぱりダメだ」

よく考えたら、俺が貸し借りの契約をしないと、絶対回収スキルが発動しないじゃないか。

エミリーも、接客はしてくれているけど、最後の帳簿に名前を書いてもらったりするところは、必ず俺がやっている。

となるとソフィアに調べ物をしてもらうか、開店時間を少し短くして、その間に俺が調べるかの二択だな。

「ソフィアは文字を読む事ができるだろうか」

「はい、読み書きは問題ないです」

「古代語は読める？」

「こ、古代語ですかっ⁉　さすがにそれは……」

なるほど。古文書はだいたい古代語と呼ばれる、今は使われていない文字で書かれている。

俺はこの世界へ転生した時、通常の文字や言葉はなぜか普通に理解できたけど、古代文字は読む事ができず、冒険者をしながら勉強を続け、三年くらいかけて、ようやくある程度読めるようになったんだよな。

となると、やはりソフィアに調べてもらうというのは難しいか。

……いや、待てよ。何も王立図書館で古文書を調べなくても、借りればいいんだ。資料を借りて、この店で解読して、ソフィアやエミリーが助けを求めてきたり、お客さんが武器を借りる契約をしたりする時だけ俺が対応する……これならいけるかも！

「よし！　ソフィアには申し訳ないけど、エミリーと一緒に店を手伝ってもらおうと思うんだ」

「えぇぇっ!?　わ、私、剣とか槍の事なんて、全くわからないですよっ!?」

「さっき言いかけたけど、値札を見れば武器の名前と料金はわかるし、お客さんが選び終わったら、俺のところへ行くように案内してくれるだけでいいよ」

「商品について何か聞かれたら……」

「その時は俺を呼べばいいさ。それに、すぐ傍に俺もエミリーもいるから、何か困った事があれば、すぐに助けるし、武器を貸す手続きは必ず俺がするからさ」

そういう事なら……と、ソフィアが了承してくれたので、開店数日目にして、従業員が二人になった。

となれば、前から考えていた、アレを実行する時だ！

「じゃあ、せっかく今日は臨時休業にしたわけだし、エミリーに頼みたい事があるんだ」

「私……ですか？　何でしょう？」

「この店の制服を買いにいってもらいたいんだ。というのも、俺もエミリーも普段着だからか、誰に話を聞けばいいか困っているお客さんを度々見かけたんだよ」

俺かエミリーの手が空いていれば、こっちから困っていそうなお客さんに声を掛ける。だけどタイミングが悪く、新たに来てくれたお客さんが誰に話を聞けばいいのかと、オロオロしているのを何度か見た事があるんだよな。

「なるほど。お揃いの服とかエプロンを着ていれば、誰に聞けばいいかわかりますよね」

「そういう事。俺たち三人が店員だとわかるなら、上着でもエプロンでも帽子でも、何なら腕章でもいい。エミリーに任せるから、選んできてくれないかな」

「わかりました！　……可愛いのでもいいですか？」

「あ、あぁ。俺が着て、あまりにも変にならなければ」

できればピンクとかは避けてもらいたいけど……ここはエミリーのセンスを信じよう。俺が選ぶよりかは断然いいと思うし。

「あと、もう一つ。これから、ちょっと高い武器も並べたくて、他の武器と差をつける為に、ショーケースを発注しておいて欲しいんだ」

「それも私が決めちゃっていいんですか？」

「あぁ、もちろん！　任せるよ！」

そう言って、エミリーに裏口の鍵と十枚程の銀貨を渡す。日本でいう十万円相当の硬貨なので、さすがに足りるだろう。もしもショーケースが先払いだったら、後で俺が行こう。

お店の買い物をエミリーに任せたので、次はソフィアだな。

「ソフィア。この店の二階は俺の住居なんだけど、左の部屋は開いているんだ。だから、こっちの部屋を好きに使ってくれ」

「住み込みでよろしいのですか？　私は凄く助かりますが……」

「もちろん、いいよ。どうせ部屋が余っているんだし」

「ありがとうございますっ！　えっと、ではせめて家事はさせてください。ご覧の通り、私はメイドとして働いておりましたので、料理や掃除は得意ですから！」

「それは俺としては本当に助かるけど……お店の事もあるし、程々でいいからね？」

正直言って、冒険者時代は日持ちする硬い黒パンと干し肉をダンジョンで齧《かじ》っていただけだったし、街にいる時でも宿屋暮らしだったから、食事は全て外食だった。

ソフィアが料理をしてくれるというのは、非常に助かる。

「こちらこそ、ありがとう。えっと、言わずもがなだけど、キッチンにある食材は何でも使ってくれて構わないから……とはいえ、そもそもそんなにないけど」

「では、後ほど買い物にいっておきますね」

「あ、それなら今から出掛けるから、一緒に行こう。じゃあ、普段着に着替えてもらえるかい？」

「リキ様、すみません。私はメイド服しか持っていなくて……」

「……そ、そうか。わかった。じゃあ、時間も限られているし、とりあえず行くか」

「あの、どちらへ？」

「まずは図書館からだな」

とは言ったものの、このシアネの町の図書館は凄く小さい。

王都にある図書館であれば、欲しい資料も見つかる可能性が高いのだが、おそらくこの町では無理だろう。

とはいえ、王都へ行って帰ってくるだけでも、それなりの時間が掛かってしまうので、まずは下調べだ。


「身分証を……確かに。どうぞ」

「連れの身分は俺が保証するから、一緒に入ってもいいか？」

「はい、構いません」

図書館で冒険者証を提示して受付を済ませ、小さな図書館の中へ。

日本だと誰でも入れるけど、この世界では本の盗難などもある為、身分証がないと原則入れない。ただ、さすがに全員のチェックはやっていられないのか、王都の図書館でも代表者が身分証を出せば入れてしまうが。

「ソフィア。すまないが、聖女に関する本を探してくれないか？」

「えっと、それは普通の文字で書かれた本でよろしいのでしょうか？」

「あぁ。古代語で書かれた古文書は、俺が探すからさ」

「畏まりました」

まぁそう言ったものの、この図書館に古文書は置いてないと思うけどな。

聖剣や聖女の杖といった、神器系の話は大半が古文書にしか記されていないし、その古文書も大半は王都にある大きな図書館で保管されている。

ひとまず、一般的な書物はソフィアに任せ、ダメ元で探してみて……うん。やっぱりないな。

一般人が閲覧できる書庫を一通り見て回ったが、予想通り古代語で書かれている背表紙自体が存在しなかった。

「ソフィアはどうだ？　何か見つかったか……って、ソフィア⁉　な、何をしているんだ⁉」

「り、リキ様っ！　た、助けてくださぁぁぁいっ！」

小さな図書館という事もあり、数少ない人の気配がする場所へ行ってみると、ソフィアが小さな杖を手にして、本棚に向けていた。……今にも倒れそうな本棚に。

「くっ……おりゃぁぁぁっ！」

「あ、ありがとうございます。し、死ぬかと思いました」

倒れかけの本棚を力ずくで戻すと、ソフィアがペタンとその場に座り込む。
ソフィアが何かしらの魔法を使っていたようで、本棚から本は一冊も落ちなかったが……マジで何をしていたんだ？

「で、今のは？」

「あ、あの……一番上の段に、聖女様の本と思われるものがあったので、取ろうと思ったのですが背が届かなかったんです。それで、魔法で取ろうとしたら、なぜか本棚が倒れてきて……必死で戻そうとしていたんです」

「つまり、本ではなくて、棚にソフィアの魔法が効いてしまったという事か？」

「す、すみません。たぶん、そういう事です」

いや、他の利用者がいなかったし、俺が間に合ったから良かったものの、かなり大きな棚だぞ!?

本当に怪我だけでは済まない事になっていたと思うんだが。

「無理せず、俺を呼べば良かったのに」

「はい。ですが、あまりご迷惑をお掛けするのもどうかと思いまして」

「ソフィアが怪我をするよりは、よっぽどいいよ」

「うぅ、リキ様。ごめんなさい」

ソフィアが涙目になって悲しそうにしているので、何か話題を変えなければ。

「そ、そうだ。ソフィアは聖女の本をどれくらい見つけてくれたんだ?」

「えっと、八冊見つけました」

「さすがだね。ちょっと見せてもらうよ」

ソフィアが見つけてくれたのは、『聖女様と勇者様』、『魔王を封印した聖女』、『解説！ 暗黒時代』……といった感じの八冊で、内二冊は子供向けの昔話のような絵本で、四冊は一般向けの伝記となっており、残りの二冊は簡易な図鑑みたいだ。

この小さな図書館ならば、八冊も見つけられれば十分だろう。

「暗黒時代は、大昔の魔王が活動していた頃を指す言葉だけど、よく知っていたね」

「私が幼い頃に、お婆ちゃんがよく聖女様のお話を聞かせてくださったので」

古文書を読んでいると、暗黒時代という言葉が割と登場するけど、普通の人には馴染《なじ》みのない言葉だ。それを幼い頃から聞かされていたというのは、ベルタさんが言っていた、聖女の子孫というのは本当なのだろう。

聖女の話をしている内に、落ち込んでいたソフィアの気分も上向きになったようなので、見つけてくれた八冊の貸出手続きをして、次の目的地へ。

「リキ様。まだどこかへ行かれるのですか?」

「あぁ。次の用事が済んだら、あとは食材を買って店に帰ろう。きっとエミリーも戻っていると思うしね」

ソフィアを連れて街を歩き……う～ん。やはりメイド服だからだろうか。それとも、俺のようなオッサンが十代半ばのソフィアを連れて歩いているからか。物凄く視線を感じる。

俺とソフィアはただの店長と従業員の関係なのだが……これ、捕まったりしないよな？

若干不安に思いつつも、無事に目的地である、この町では一番大きな服屋さんへ到着した。

「あの、リキ様。ここは女性の服が売っているお店に見えますが」

「その通りだ。ここでソフィアが好きな服を買ってくれ」

「えぇぇぇっ!?　ど、どういう事ですか!?」

「いや、さすがにずっとメイド服っていうのは……店の中ではともかく、今日みたいに買い物へいく事もあるだろうし、部屋でくつろぐ服だって必要だろ？」

「いえ、私はメイドですので、くつろぐだなんて……」

「いいから、いいから。休憩だって必要なわけだし、パジャマとか、その……し、下着とかも必要だろ？」

うぐ……ソフィアに服を買ってもらう為とはいえ、少女に向かって下着を買えっていうのは大人としてどうなんだ。

いや、これも店主の仕事だ！　オンとオフをしっかり区別してもらう為にも、休む時には休める格好をしてもらわなければ。

「で、では……わ、私はメイド服以外の服を持っておりませんし、何を買えばいいのかわからないので、リキ様に選んでいただければと」

な、何だと!?　まさかのカウンターが来てしまった。

俺に、女の子の服の事がわかるわけがないじゃないか！　……ソフィアに合いそうな武器なら、いくらでも提案できるのに。

「そうだ！　だったら、こういう時こそ店員さんに教えてもらおう。すみませーん！」

「り、リキ様!?」

「ソフィア。これからソフィアは、俺の店でお客さんから武器について聞かれる事もあるかもしれない。どんな事を聞かれたら、何て返すのか、あの店員さんからこっそり学ぶんだ」

「は、はいっ！　なるほど……頑張ります！」

ソフィアとコソコソ話している内に、女性店員さんがやってきたので、ソフィアに似合いそうな服を見繕ってもらう事にした。

「では、何か好きな色などはありますか？」

「え……えっと、白色です」

「なるほど。ちょっとサイズを測らせてもらいますね」

「ふぇ？　ふぁっ！　んぅっ!?」

いや、店員さんがメジャーでソフィアの胸囲とか腰回りを測っているだけなんだが……ふむ。

俺は相手を見れば、概ねどれくらいのサイズの武器がいいかわかるが、ソフィアにはメジャーを持たせてもいいかもしれないな。

　短すぎず、長すぎず、軽すぎず、重すぎない武器を薦めてあげて欲しいし。一旦店に戻るが、閉店後にでもメジャーを買いにいくか。

　間違ってもソフィアのスリーサイズなどを知ってしまってはマズいと、背を向けていたが、店員さんがいろいろと質問をして一旦離れると、いくつか服を持ってきてくれた。

「お待たせしましたー！　ご希望に沿ったものをお持ちしてみましたので、是非試着してみてください」

「し、試着!?　リキ様……」

「え？　普通に着てみたらいいんじゃないかな？　この白いワンピースなんて、可愛らしいし、ソフィアによく似合いそうな気がするけど」

「わ、わかりました……」

　そう言って、ソフィアがエプロンを外し……た!?

「って、どうしてここで着替えようとするんだよっ！　試着室っ！　試着室があるからっ！」

　危ないところだった。あのまま俺が気付かなければ、ここで下着姿になられる所だった。

　幸い、女性向けのお店という事もあり、他に男性客はいないみたいだ。

　少しすると、ソフィアが恥ずかしそうに試着室から顔を出す。

「あ、あのリキ様……いかがでしょうか」

「凄くいいと思うよ。ソフィアに似合っているし、それを買おう」

「あ、ありがとうございます」

「じゃあ、ソフィア。あと、二つか三つくらい選んで」

「えぇぇぇっ⁉　そ、そんなにも……」

ソフィアは困っているが、店員さんは喜んで協力してくれたので、ついでにパジャマや下着なども選んでもらった。

まぁさすがにパジャマなどは試着していないが……待てよ。試着か。

エミリーやソフィアが武器を薦めてお客さんがそれを借り、返却時にイマイチだったと言われたりしたら、二人が落ち込んでしまったり、失敗だと自分を責めてしまうかもしれない。

だが、料金を貰う前に試し斬りなどができれば、それを回避できるかも！

うん。今回の買い物は、ただソフィアの服を買いに来ただけだったが、いろいろと得るものがあったな。

ソフィアと店員の女性に心の中で礼を言い、会計を済ませて帰路へ就く。

「あ、あの、リキさん。何だか足元がスースーして落ち着きません」

「え？　あー、メイド服が足首くらいまでの長いスカートだったからか？」

「たぶん、そうだと思います。こ、こんなに短いスカートなんて、恥ずかしいです」

いや、ソフィアは短いスカートと言うが、膝まで隠れているし、そこまで極端に短いわけではないと思う。そんな事を言ったらエミリーなんてショートパンツで、太ももの露出が……って、そもそも比べるような話ではないか。

スカートについては、男の俺がどうこう言えるものでもないので、後でエミリーに相談しようという話でまとまり……最後に食材を買って、店に戻ってきた。


「あ、リキさん。お帰りなさ……って、ソフィアさん⁉　その可愛いワンピースは⁉」

「えっと、リキ様が買ってくださって……」

「えー！　いいなー！」

いや、そう言われても、常にメイド服のままというのも困るんだが。店からずっと出ないというわけでもないしさ。

「それって、リキさんが選んであげたんですか？」

「俺が選んだというか、店員さんが持ってきてくれた中から、ソフィアに似合いそうだなと思ったのを試着してもらって……」

「……ズルい。それってデートだよ……」

エミリーが小声で何か呟いているが……これは従業員で待遇に差をつけるなという事だろうか。うーん、店舗の経営って本当に難しいんだな。

「そうだ。エミリーにお願いした制服は、どんなのにしたんだ？」

「あ、そうでした！　見てください！　じゃーん！　オレンジのエプロンにしましたー！　可愛くないですか？」

「そうだな。目立ってわかり易いし、いいと思うよ」

「えへへー、ありがとうございまーす！」

エミリーが買ってきたエプロンは、小さなワンポイントの模様があるだけのシンプルなもので、これなら俺でも着られそうだ。

……間違ってもピンクのフリルエプロンとかでなくて良かったよ。

「あと、ショーケースも頼んでおきました。もう少ししたら持ってきてくれるらしいです」

「早いな。即日配達してくれるのか」

「オーダーメイドとかではなくて、既存のものにしたからですかね？　あと、運搬用の馬車が出払っているので、少し待って欲しいって話でした」

なるほど。まぁ店に収まるサイズであれば、何でもいいだろう。

それから、買った荷物を二階で空間収納から出し、エミリーが買ってきてくれたエプロンを三人でつけたところで、家具屋さんがやってくる。

「ありがとうございましたー！」

店に入って、正面と右側にそれぞれショーケースを置いてもらったので、その中に俺のコレクションの中で、世界に一つしかない神器を飾ってみる事にした。

「……リキさん。その古い槍は何ですか？」

「これ？　よくぞ聞いてくれた。これは北西地方で発見された、妖精の森と呼ばれる古代の遺跡の最奥から持ち帰った、妖精の槍と呼ばれる武器で、かの妖精女王ティターニアが英雄に授けたと言われている槍なんだ。槍に風魔法が組み込まれていて、ひとたび投げれば錐揉《きりも》み状に回転し、あらゆるものを貫通して遠くまで飛んでいき、かつ投げた者の手元に自動で戻ってきて……」

「り、リキさん？　す、ストップ！　落ち着いてください！」

「え？　俺は落ち着いているけど？」

「えっと、神話に出てきそうなくらい、凄い槍……って事でいいですか？」

「あぁ、その通りだ」

神話に出てきそうな……というか、実際神話に出てくるんだけどな。北西地方に伝わる神話と、それを記した古文書を元にダンジョンが発見された……というか、俺が発見したわけだし。

ただ冒険者ギルドの決まりで、新たなダンジョンを発見したら、必ず騎士団とギルドが中を調査しなくてはならず、入るまでかなり待たされたんだよな。

「リキ様。もしかして、こちらの剣もですか？」

「そうなんだ。それは暗黒時代に魔王を封じる為に旅立った聖女様をお守りする、勇者に授けられた二本目の聖剣で、光属性を帯びているんだ。このため、悪魔や魔族、アンデッドなどの闇属性の魔物に対して力を発揮するんだが、勇者様は湖の精ヴィヴィアンからこの剣を授かったとされており……」

「リキさーんっ！　リキさんってば！　とりあえず、凄いのはわかりましたけど、違う武器にした方がいいと思います」

ソフィアに聖剣について聞かれたので、軽く説明しようとしたら、またもやエミリーに止められてしまった。なぜだ……いや、それよりも確認すべき事があるか。

「エミリー。神器よりも、違う武器の方がいいというのは？」

「だって、その槍も剣も、普通の人からしたら、ただの古い武器で、説明してもらわないとそれが何なのかわからないと思います」

「それなら俺が説明を……」

「リキさんは、武器の話になると長いのでダメです。あと、初めてお店に来た時も言いましたけど、パッと見で凄いとわかる物でないと、興味も持ってもらえないかと」

うぐ……実際、エミリーのおかげでお客さんが大勢来てくれるようになったので、返す言葉がない。

「せっかくショーケースを買ったんだけどな……」

「もう少し、メジャーで高価な武器……目玉商品みたいなのがあるといいと思います。例えば、冒険者なら誰もが知っていて、一度は使ってみたいけど、お店で買うと高すぎる武器……みたいなのがあればいいなと」

　エミリーが言っているのは、世界に一つしかない武器とかではなく、お店に行けば売っている有名な武器だけど、高すぎて手が出ないようなものなのだろうか。

「じゃあ例えば……これは、どうだろうか。ドラゴン・スレイヤーっていう、その名の通りドラゴンの鱗《うろこ》をも貫く事ができる鋭い剣なんだ。王都の武器屋なら普通に売っているけど、結構お高いんだ」

「それですっ！　そういうの！　もっとありませんか⁉」

「んー、氷魔法が付与された、アイス・ソードとか。過去には、この剣を手に入れる為に殺人事件が起こったと噂される程の剣なんだが」

「いいですねー！　魔法が付与された氷の剣っていうのが見てすぐにわかりますし」

　こんな感じで、エミリーと一緒に有名どころの剣を並べていると、日が沈み始めてきた。

「そろそろ、店を閉める時間か。いや、今日は元から開けてないけど……そろそろ終わりにしようか」

「そうですね……って、あれ？　ソフィアちゃんは？」

「あっ！　しまった。つい飾る武器の話で盛り上がってしまって……二階かな？」

　いつからソフィアがいなくなったのかわからない程、武器の話で夢中になってしまった。

　さすがに反省しつつ、エミリーと一緒に二階へ上がると、いい香りが鼻をくすぐる。

「あ、リキ様、エミリーさん。お仕事お疲れ様です。お仕事がお忙しそうでしたので、勝手ながら夕食を準備させていただいたのですが……大丈夫だったでしょうか？」

メイド服姿に戻っているソフィアに言われて見てみると、テーブルの上に美味しそうなパスタとサラダ、スープが用意されていた。

「す、凄い……ソフィア、ありがとう！」

「いえ、私はメイドとして働いておりましたので、これくらいしかできず……」

「くっ！　わ、私だって料理できるもん！　その……ぱ、パンを焼いてバターを塗るとか」

素直に褒めるとソフィアが照れ、その様子を見たエミリーが謎の対抗心を燃やす。

エミリーはいつも昼食にサンドイッチを持ってきていたのだが、お母さんが作ってくれているのだろうか。まぁ俺も昼食は買ってきて済ましているけどさ。

「ソフィア。いただいてもいいのか？」

「はい、もちろん！　エミリーさんも、どうぞ」

「うぅ、ありがとう。いただきます」

美味しそうな料理を前に、早速フォークを手に取り……うん、美味しい。少し甘めの味付けなので、日本とはちょっと違うけど、おそらくソフィアの故郷の味なのだろう。普通に美味しいけどね。

「では私も……あぁっ！」

ソフィアがサラダを一口食べたかと思うと、突然叫びだす。

あ、これはもしかして、定番の塩と砂糖を間違えたってやつだろうか。パスタなのに少し甘めだし……まぁでも、こんなのは全く大した事のない、可愛いミスだと思うけど。

「す、すみませんっ！　これ、たぶん……ビネガーとワインを間違えていますっ！」

「ワイン？　この家にワインなんてあったっけ？　俺は酒を飲まないんだが……あっ！　思い出した！　店を買った時に、お礼だって言って商人ギルドが持ってきたアレか！」

「あの、ビネガーを使ったのはサラダだけですので、他のは大丈夫ですから」

あ、じゃあこの甘いパスタはミスじゃなくて、元からこういう料理なのか。日本でいうナポリタン的な感じかな？

「エミリー。そういうわけだから、もしもお酒がダメならサラダは……って、エミリー⁉　か、顔が真っ赤だぞ⁉」

「らいじょーぶ！　らいじょーぶらもん！」

「少しも大丈夫じゃないっ！　エミリー、水を飲むんだ」

「やだぁー！　私、負けないんだからーっ！」

エミリーは一体誰と戦っているんだよ。

ひとまず水を飲ませて俺のベッドへ運ぶと、横にした途端に眠ってしまったので、念の為様子を見る事に。

「うぅ、すみません。私のせいでエミリーさんが……」

「いや、サラダに使ったのだから、ドレッシングとしてスプーン一杯分とかだろ？　俺もエミリーがここまで酒に弱いなんて知らなかったし。ひとまず、エミリーは俺が見ておくから、ソフィアは先に食事を済ませてしまおうか」

ソフィアに食事へいってもらい、俺はエミリーの様子を見守る。

あまり女性の寝顔を見るべきではないだろうが、万が一の事態になっては困るので、今回は許してもらおう。

暫く様子を見ていると、ゆっくりとエミリーの目が開き、目が合った。

「ん……あ、あれっ⁉　私……り、リキさんっ⁉　ここは⁉」

「大丈夫か？　ソフィアが誤ってサラダにお酒を使ってしまったらしくてさ。俺のベッドで悪いんだが、少し休んでいてもらったんだ」

「えっ⁉　これ、リキさんのベッドなんですかっ⁉　……えへへ」

いや、エミリー。ちゃんとシーツや毛布は洗濯しているし、掃除もしっかりしているから、臭くはないと思うんだ。だから、顔を埋めて匂いを嗅ぐのは勘弁してくれないだろうか。

もしも加齢臭で臭い……とか言われたらどうしようかと思っていたら、俺たちの声が聞こえたのか、ソフィアが入ってきた。

「あの、リキ様。エミリーさんが目覚められたのですか⁉」

「ふぁっ⁉　ち、違うの！　これは、リキさんの香りを満喫とかじゃなくて……こ、こほん。し、心配かけてごめんね。もう大丈夫だから」

「こちらこそ、本当に申し訳ありませんでした！　エミリーさんが御無事で良かったです」

エミリーが慌てながら変な事を言っていたような気もするが、ひとまず体調に問題はなさそうだ。ただ、かなり酒に弱いみたいだし、あの貰い物のワインをどうするかは別途考えないとな。

「ソフィア。すまないが、留守番を頼む。エミリーを家まで送ってくる。あ、帰ってきたら夕食はちゃんと食べるから、そのままにしておいて欲しい」

「はい。畏まりました」

ソフィアに断りを入れ、エミリーと一緒に階段を降りようとして……足を踏み外したっ⁉

「きゃぁっ！」

「――っ！　大丈夫か？」

「は、はい。あの、ありがとうございます」

「いや、エミリーが無事で良かったよ」

念の為、エミリーの様子を見ながら進んでいて良かった。

何とかエミリーを抱きかかえ、無事に一階へ降りてきたのだが……先程のような事が起こると困るな。

「エミリー、悪いが少しだけ我慢してくれ」

「ふぇ？　ふぁぁぁっ！」

これ以上は歩かせられないと、抱きかかえたのだが……相当嫌なのか、エミリーが叫び声を上げながら、固まってしまった。

とはいえ、これは我慢してもらうしかない。

「エミリー。家はどこなんだ？」

「み、店を出て西です。果物屋さんが見えてきたら、そこを曲がった突き当たりになります」

「わかった」

西へ向かって、果物屋を……こっちか。

エミリーは俺に抱きかかえられているのを必死で我慢しているようで、何も喋ってくれない。

いや、これって日本だったら普通にセクハラだし、そうなるのも当然か。

この世界にタクシーがあれば良かったんだが、ない物ねだりをしてもしかたがない……って、ここかな？

「エミリー。ここでいいのか？」

「は、はい！　あ、あの……ありがとうございます」

「いや、こちらこそ、すまない。ワインをキッチンから遠ざけておくべきだった……そうだ。親御さんに俺から事情を説明して……」

「だ、大丈夫です！　い、今そんな事をされてしまったら、私の心がもちません！」

あー、オッサンに抱きかかえられてきたのを耐えた上に、両親からしたら見知らぬオッサンである俺について、エミリーが説明もしないといけないもんな。

「わかった。ひとまず、今日はゆっくり休んでくれ。体調が悪ければ、無理して明日来なくてもいいからさ」

「い、いいえ、本当に大丈夫ですから！」

「そうか……では、おやすみ」

「は、はいっ！　おやすみなさい！」

無事にエミリーを送り届けて店に帰ると、ソフィアが料理を温め直してくれていた。

電気やガスの代わりに、魔力を消費してコンロや冷蔵庫代わりになる魔導装置があるとはいえ、日本と違って電子レンジなどの調理器具がないから、大変なはずなのに。

「ただいま、ソフィア」

「リキ様、おかえりなさい。エミリーさんは大丈夫でしょうか？」

「あぁ。量も少しだけだったし、外の風に当たっていたからか、家に着く頃には問題なさそうだったよ」

「あぁ……良かったです」

ひとまず、今回の原因になってしまったワインの瓶を俺の部屋の隅に移動させ、温め直してくれた料理をいただく。

「あ、リキ様！　そのサラダは失敗なので……」

「いや、俺は普段酒を飲まないだけで、飲めないわけではないし、ドレッシングくらいの分量なら全く問題がないよ。それに、ソフィアの料理は美味しいし、俺が食べたいだけだよ」

「……ありがとうございます」

いや、今のはソフィア的に失敗したサラダを食べる口実ではなく、ただの本音なのだが……まぁいいか。

食事を終えると、ソフィアがお風呂の準備も済んでいるというので、先に入らせてもらい、ソフィアと交代する。

「じゃあ、俺は後片付けと洗い物を……って、終わっている!?　やっぱり本職というか、メイドさんは凄いんだな」

やるべき家事をソフィアが全て終わらせてくれているので、図書館で借りた本を読む事に。

最初は『魔王を封印した聖女』という一般向けの本にしてみた。この本は聖女を主人公とした小説で、聖女が魔王を封印するまでの史実が、物語として描かれているようだ。

俺も聖女の神話はある程度知っているが、物語に出てくる地名や、仲間の名前などを全てメモしていく。

ハードカバーの大きな本の一割程の情報をメモしたところで……ソフィアがパジャマ姿でお

風呂から出てきた。

「お風呂をいただきました。ありがとうございます」

「いやむしろ礼を言うのは俺の方なんだが……とりあえず、後はソフィアも好きにして欲しい。リビング……じゃなくて、この部屋と同じように、それぞれの部屋にも照明装置が備え付けられているから、ランプなどは不要だからさ」

「わかりました。ありがとうございます」

「では、少し早いですが、本日はお休みさせていただければと」

いきなり俺の店に連れてこられ、これまでの公爵家と勝手が全然違うし、大変だったんだろう。

ソフィアが就寝すると言うので、俺も自分の部屋で本の続きを……と思って、ふと気付く。

「ちょ、ちょっと待った！　しまった！　ソフィアの家具を何も買ってない！」

ソフィアの服は買わなければ……と思い、二人で買いにいったが、もっと大事な寝具が何もない！

改めてソフィアに割り当てた部屋を覗くと、買ってきた服が紙袋に入ったまま置かれているだけで、このままでは毛布もなしに床に直接寝る事になってしまう。

「すまない！　もう家具屋なども開いている時間ではないし、今日は俺のベッドを使ってくれ」

「いえ、さすがにそれは……」

「いや、俺は冒険者だったから、野宿には慣れているんだ。ダンジョンや外で仮眠を取る事に比べれば、この床で寝るのは天国みたいなものだから、気にしなくていい」

「でしたら、私も床で眠っても大丈夫ですので、リキ様はベッドへお願いします」

いやいや、今まで公爵家で寝泊まりしていたソフィアが、硬い床の上で寝るなんて、絶対に身体を痛めてしまうし、風邪をひいてしまうかもしれない。

二人で互いに譲り合っていたのだが、様付けで呼ぶ時のように、ソフィアは意外と頑固で……結局どちらも折れる事なく時間だけが過ぎてしまう。

その結果……小さな一人用のベッドで、俺とソフィアが互いに背を向け合って、眠る事になってしまった。

「では、リキ様。おやすみなさい」

「……お、おやすみ」

いや、どうしてこうなった。

ソフィアはエミリーよりも更に幼い、女子高生くらいなのに。

身動き一つ取らずに眠ろうと誓い……気付いたら朝になっていた。

目が覚めるとソフィアがいない。

まさか眠っている間に、無意識で何かやらかした!?　と思って飛び起きたら、リビングでメイド服姿のソフィアが朝食を作ってくれていた。

「おはよう、ソフィア」

「リキ様、おはようございます」

「ソフィア。一体、いつ頃に起きたんだ？　こんなに凄い朝食を用意してくれて……」

「え？　うーん……少し前です。メイドですので、朝早くに目が覚めてしまいますので、気になさらないでください」

トーストとサラダとベーコンエッグ……至れり尽くせりだなと思いながら、顔を洗いにいき、ソフィアが取りにいってくれていた新聞に目を通す。

冒険者ではなく商売を始めるのだからと、とりあえず一か月分購入してみた。

『大豆の一大生産地である西大陸で、大豆の収穫量が激減！』

『王都にある四大公爵家の邸宅で私設護衛隊増員！　貴族を狙う盗賊対策か？』

『辺境でスタンピードが頻発。魔王の封印との関連について噂が飛び交う』

だが、この町や商売に関係するような事は書かれていない気がする。

でも、これまでは冒険者ギルドに行けば受付嬢が必要な情報を教えてくれたけど、今は自分で収集しないといけないし、日本にいた時のように新聞を読まないと。

それからソフィアの作ってくれた朝食――今日はベタに塩と砂糖を間違えていたが――をいただき、後片付けを済ませて店に商品を並べていく。

「並べる場所は決まっているのでしょうか？」

「だいたい、剣がこの辺りで、槍がこの辺りで……って感じで、種類で纏めている感じかな」

「なるほど。ショーケースの中は、この紙に書かれている商品を置くのですね？」

「そういう事。じゃあ、ソフィアには杖を並べてもらおうかな」

そう言って、いくつか杖を出したら、ソフィアに任せる事にした。

杖に関しては、商品として知識はあるものの、実際の使用感とかはお客さんに話せないし、ソフィアに任せるのがいいだろう。ソフィアとしても、殆《ほとん》ど触れたことがない剣や斧よりも、馴染みのある杖から始めた方がいいだろうし。

というわけで、杖はソフィア。剣をエミリーに任せ、それ以外は俺が担当するという事にした。

「ソフィア。開店時間までまだ時間があるし、裏庭でどれか使ってみないか？」

「えぇっ!?　で、ですが昨日みたいな事にならないかと……」

「いや、洗濯物はベランダに干していて、裏庭は何もないから昨日みたいな事にはならないんじゃないか？」

「ですが……」

「実際に使ってみた方が、お客さんに質問された時に説明し易いと思うんだ」

「わ、わかりました。やってみます」

そう言って、ソフィアが並べた杖から、鳥の羽を模したデザインの、可愛らしい杖を手に取った。あれは……ある魔道士ギルドが女性ウケを狙って販売したが、全く売れずに廃止になった、ある意味でレアなウイング・スタッフだ。

性能は悪くないんだけど、持つ人を選ぶと言うか、男性で買おうと思う人が少ない事と、前衛後衛問わず、冒険者に男性が多いというのが敗因なのだろうと思う。

ただソフィアが持つ分には何の違和感もないので、いつものアレを行う事に。

「じゃあ、この杖をソフィアに貸すよ」

「は、はい。ありがとうございます」

口約束で貸し借りを行って裏庭へ行くと、早速ソフィアに使ってもらう。

「で、ではいきます！　ライティング！」

ソフィアが杖をかざすと、淡い輝きを放つ光球が裏庭に現れた。

「おぉ、ソフィアは光魔法も使えるのか」

「はい。昨日、図書館で失敗したのは風魔法でしたが。あと水魔法を使う事ができます」

「なるほど……あ、もしかして昨日、風呂へ入った後に髪が乾いていたのは、風魔法を使ったからか？」

「その通りです。弱い風を出すと、髪がすぐ乾きますし、こんな感じで心地いいんです……テイル・ウインド」

ソフィアがドライヤー代わりの風魔法を実践してくれて……って、なんだか風が強くないか？

ドライヤーというか、突風みたいだな。

「きゃあぁぁ！」

「ソフィアっ！　魔法……魔法をとめるんだっ！」

風で吹き飛ばされそうになったソフィアを抱き止め、暫く耐えていると、何とか風が収まった。

「す、すみませんっ！　二人分の風にしようと思って少し強めにしたら、思いっきり強くなっちゃいましたっ！」

「いや、お互い怪我がないから大丈夫だよ。元々物を置いていないから、何かが飛んでいったりもしていないし」

「うぅ……どうして、私は魔法が下手なんでしょうか」

「えっと、俺はそもそも魔法を使う事ができないから、俺からするとそんなに卑下する事はないと思うんだが……」

落ち込むソフィアを慰めていると、裏庭から店へと繋がる裏口の扉が開かれる。

「あ、ここだったんですね！　おはようござ……って、リキさん⁉　ソフィアさんを抱きしめて泣かせて……な、何があったんですかっ⁉」

「ち、違うんだ！　エミリー、これにはいろいろと事情があって……」

「うぅ。昨日は私をお姫様抱っこで家まで送ってくれたのに……」

物凄いタイミングでエミリーが現れ、何やら凄い勘違いをされてしまった。俺とソフィアが事情を説明し、何とか誤解を解いたものの、あっという間に開店時間となってしまい、慌てて店へ。

「いらっしゃいませー！　両手剣ですね？　こちらです」

「い、いらっしゃいませ。弓ですか？　た、確か向こうに……こ、こちらです！」

しまった。昨日の午後を臨時休業にしたからか、いつもよりお客さんが多い！

本当はソフィアをゆっくり慣らしてあげたかった。それに、当初の計画のように調べ物をしながら、時折対応だなんて、全くできる気配がない。

「り、リキ様！　こちらのお客様がショーケースの武器をお借りしたいと」

「わかりました……そちらのルーン・スタッフですね。一日銀貨一枚と、当店でも少しお高い商品となりますが……はい、畏まりました」

「リキさーん！　こちらの斧を軽く振ってみたいというお客さんがいらっしゃるんですが」

武器の試し斬りはまだサービスとしてスタートしていないのだが……やはり需要はあるようだ。

ただ、この状況では……仕方がない！

「ソフィア。すまないが、エミリーが対応しているお客さんを裏庭へご案内してくれないか？」

「は、はい！　畏まりました！」

まずはエミリーに使いたいと言う斧を預かり、いつもの手順をこなす。

「では、こちらのグレート・アックスをお貸しいたします」

「おぅ、ちょいと借りるぜ」

「あ、お客様。こちらへどうぞ」

筋骨隆々なスキンヘッドの男性が、ソフィアに案内されて裏庭へ。

その間も、俺とエミリーで対応をしていると、暫くしてソフィアが大慌てで戻ってきた。

「り、リキ様！　す、すみません。先程の素振りしたいという男性が、斧を持ったまま裏庭から逃げてしまいましたっ！」

「何っ⁉　わかった。まったく、バカな事を……すみません。すぐに戻りますので、少しだけお待ちください。ソフィアはさっきの事は忘れていいから、お客さんの対応を頼む」

「えっ⁉　は、はい……」

対応中のお客さんに断り、急いで裏庭へ。

ソフィアが少しへこんでいるが、これはあの男性が圧倒的に悪いし、ちゃんと試し斬りを行う際のルールを確立させていないのに見切り発車してしまった俺が悪い。それに、そもそもソフィアに絶対回収スキルの説明をしていなかったと気付き、後で謝る事にした。とはいえ、先にやるべき事を済ませるか。

「絶対回収……グレート・アックス」

店内のお客さんに見えないところで、貸した物を指定して絶対回収スキルを発動させ、強制的に回収した。

そのまま空間収納に格納してしまってもいいのだが、せっかくお客さんも多いし、警告の意味を含めて、持っていくか。

少し間を空けて店に戻り、元々あった場所に斧を戻す。

「ただいま」

「リキ様？　あっ！　その斧は……」

「あぁ。ちゃんと取り戻してきたよ。後でギルドにも報告しておくから心配しないでくれ」

「こ、こんな短時間で……リキ様は、やっぱり凄いのですね」

「まぁ俺も元だけど冒険者だったからな」

わざと大きな声でソフィアに話し掛けると、狙い通り店内が少しざわめき……これで、この店から盗んだりする事はできないという話が広がってくれればいいのだが。

それから、暫くしてお客さんの数が落ち着き始める。

やはり、ダンジョンへ行く前に武器を借りに来る人が多い様で、昼に近くなればかなり少なくなるようだ。

「さて、少しだけ早いけど、店を閉めて昼休憩にしよう。俺はさっきの件で冒険者ギルドへ行ってくるよ」

「そ、それなら私も行きます！　私のせいで、持ち逃げされてしまったわけですし」

ソフィアが申し訳なさそうにしているが、先程考えていた通り、何も悪くない事と、絶対回収スキルの事を説明する。

「そ、そんなスキルをお持ちだったのですね……」

「だから、本当に気にしないでくれ。口約束でも貸し借りの話をすれば、持ち逃げされる事はないからさ」

ただ、貸し借りの約束をせずに持ち出されるとダメなのだが、これは今言う事でもないだろう。

改めて、ソフィアにエミリーと共に休憩してもらう事にして、

「じゃあ、ちょっと行ってくる。話が終わり次第戻ってくるよ」

先程回収したグレート・アックスを空間収納に格納し、冒険者ギルドへ。

「いらっしゃいませー！」

ギルドの建物に入ると、空いているカウンターへ。

他のカウンターは割と混んでいるのに、ここだけ空いているのは……あー、受付嬢が新人な

のか。ソフィアと年齢がそう変わらないように思える。

「ギルドマスターはいますか？」

「えっ⁉　あの、どのような御用件でしょうか。見たところ、冒険者さんではなさそうですが」

「そうだな……リキ・サウスが来たと伝えてくれませんか？」

「はぁ……あの、どちら様ですか？」

ダメか。伝えてくれれば、ギルドマスターならわかると思うんだけどな。

「ギルドマスターの知り合いだよ。この近くで営業している、貸し武器屋の店主さ」

「うーん……少々お待ちください」

ひとまず、どこの誰かを明言したからか、困惑した表情を浮かべられてしまったけど、ようやく取り次いでくれるようだ。

そのまま暫く待っていると、奥から誰かが走ってくるような足音が聞こえてくる。

「り、リキ様！　失礼いたしましたっ！　本日はどのような御用件でしょうかっ⁉」

「あ、お久しぶりです。ちょっと込み入った話なので、奥で話しても？」

「はい！　どうぞっ！」

冒険者ギルドのギルドマスターがカウンターまで猛ダッシュでやってきた。普通に呼んでくれれば、こっちから行くのに。

奥の応接室へ案内されるのかと思ったら、店を開きたいと相談した時とは違い、更に豪華なギルドマスターの部屋へ案内された。

先程声を掛けた新人の受付嬢が取り残されていたようで、キョトンとした表情で立ち尽くしている。

「あの、マスター。こちらの方は？」

「リキ様だよ！　先日まで王都の冒険者ギルドの本部にいらっしゃった、S級冒険者の！」

「えっ⁉　S級冒険者って、あの国内に八人しかいないっていう？」

「そう！　とりあえず、お茶をお持ちして！　最高級ので！」

いやあの、そんなに気を遣わなくてもいいのに。

それに、冒険者だったのも過去の話だしさ。

「彼女は新人でして……申し訳ありません」

「いえ、それは別に構いませんが、そんな事より今日は苦情を言いに来ました」

「く、苦情⁉　な、何でしょうか。当方に何か不手際が……」

「ギルドの職員さんにではありません。そうではなくて、今朝うちの店……貸し武器屋の武器を盗もうとした者がいます。幸い、こちらで武器は回収しましたが、本人には逃げられましてね」

「な、何と、リキ様のお店から……も、申し訳ありません」

ギルドマスターが深々と頭を下げるけど、別に謝って欲しいわけではないんだ。

再発防止策というか、何かしらの対策をお願いしたいんだよ。

「犯人は筋肉自慢って感じで、肌を露出している三十前後のスキンヘッドの斧使いです。あと、冒険者証が青色だったから、Ｄ級冒険者だと思うんですが、心当たりはありますか？」

「大至急調べさせ、特定次第その者の冒険者証を剥奪いたします！」

「いえ、冒険者証の剥奪で逆恨みされても困るので、致命的ではないけども、それなりに厳しい処罰をお願いします。騎士団に通報しても、未遂だとすぐに釈放されるでしょうし」

あの斧使いが俺に直接何か仕掛けてくるならまだいいのだが、留守や就寝中に店を壊そうとしてきたら、どうしようもない。日本と違って防犯カメラとかもないし、騎士団が四六時中見回りなんてしてくれないしさ。

「……本来、冒険者が犯罪に手を染めた場合、冒険者証剥奪は妥当なのですが、今回は未遂という事で、ギルドの管理上は一等級降格扱いという事でどうでしょうか。降格させてしまってもいいのですが、周囲の冒険者に降格がバレれば、理由を聞かれ、結果今回の事が明るみに出てしまう可能性もありますので」

「では、それでお願いします。あと、今後同じような事を起こさないように、教育をお願いします」

「承知いたしました」

D級冒険者のあの男が一つ降格扱いという事は、E級までの依頼しか請けられなくなる。

D級とE級では請けられる仕事の内容が大きく異なり、収入にも影響は出るが、無一文になるわけではないからな。

「あとそれと、次は別件で頼みがあるのですが」

「な、何でしょうか」

「ラッセル公爵は御存知ですよね？」

「えぇ、もちろん。この町の領主様ですし」

「そのご息女であるベルタ様から、聖女の杖を探すようにと仰せつかっておりまして。王都の冒険者ギルドに連絡して、いくつか古文書を貸してもらって欲しいんですよ」

本当は、この町の図書館で借りた本の調査を終えてから依頼するつもりだったけど、それが少し早くなっただけだし、まぁいいだろう。

「わ、わかりました。ですが、古文書は王立図書館の管理下にありますので、それを別の町へ移す事ができるかどうかは……」

「えぇ。ですから、冒険者ギルドから掛け合って欲しいんですよ。公爵令嬢からの依頼ですし」

「と、とりあえず伝えてみますが……」

冒険者ギルドの一支部の責任者でしかないため、本部には言い難いのか、ギルドマスターがしどろもどろになっている。……もう一押ししておくか。

「スタンピード」

「え？」

「ダンジョンから大量の魔物が溢れ出し、周辺の街や村を襲う現象ですね。俺がこのスタンピードから街を守った回数は、十回を超えています。それから魔族の呪い……悪魔の退治が数回ありますね。さすがに魔王の側近である魔族と遭遇した事はありませんが、その魔族が残したと言われる呪いの遺物から悪魔が解放されてしまい、緊急招集されました。それから……」

「わ、わかりました！　リキ様のギルドへの貢献を鑑み、何としてでも借りられるように交渉します」

「よろしくお願いします。もちろん、俺の名前を出していただいて構いませんので」

ギルドマスターに現時点で借りて欲しい古文書——聖女の本から調べた地名や人物について記された古文書を探して欲しいと依頼し、店に戻る。

「リキ様！　おかえりなさいませっ！」

「リキさん、おかえりっ！　どうでした？」

「あぁ、冒険者ギルドでちゃんと調査するのと、同じ事が起こらないように冒険者に注意するって。だから二人共安心して欲しい」

ソフィアとエミリーが安堵《あんど》した様子を見せ……午後からの開店まで時間があまりないので、急いで昼食を済ませる。

ソフィアが朝食だけでなく昼食まで用意してくれていて……いや、本当に助かる。

昼からは、それ程忙しくなかったので、聖女の杖に関する調べ物を優先し、エミリーたちに呼ばれたら対応するという当初の計画通りの動きができた。

とはいえ、夕方になるとダンジョンから帰ってきた冒険者たちが大勢来て、武器の返却だったり、別の武器の吟味だったりと、それなりに忙しくなってしまったが。

「二人共、お疲れ様ー！　じゃあ、今日はこれまでにしようか」

「お疲れ様でした。あの、リキ様。今日は忙しくて夕食の準備ができていなくて……」

「いや、気にしなくていいよ。ソフィアのおかげで調べ物も進んだしね」

今朝、いきなり物凄く忙しい時間を経験したからか、午後にはソフィアもある程度対応ができるようになっていた。

……とはいえ、お客さんに聞かれた商品の場所を間違えて答えたり、お客さんが返却した武器を俺に渡し忘れ、そのまま次のお客さんに貸し出しそうになったりしていたけど。

まぁ最後の貸し借りで必ず俺を通るから、そういうミスも気付けた……というか、絶対回収スキルが自動で発動して、綺麗な状態で武器を貸し出せたし、そもそもまだ初日だからミスして当たり前だと思うしね。

「リキさん、ソフィアちゃん。じゃあ、今日は帰りますねー！」

「エミリー、ありがとう」

「いえいえ、どうしたしまして。ではまた明日ー！」

エミリーを見送ると、ソフィアが夕食を作ると言ってくれたので、甘えさせてもらって調べ物の続きをする事に。

それから食事と風呂を済ませ……非常に重要な事に気付く。

「しまった！　寝具を買いにいくのを忘れてたぁぁっ！」

明日の昼に必ず買いにいくと約束し、昨晩と同じように就寝した。

ちなみに、翌日には宣言通り寝具を注文し、ようやくソフィアの部屋がまともに機能すると思ったのだが、夕方に家具屋さんがベッドを運んで来て、問題が発生する。

「へぇー。今までソフィアちゃんのベッドはなかったんですか。一体、どうやって二人は眠っていたんですかねー」

「いやあの、決して変な事は一切なく……」

「で、どうやって寝ていたんですか？　詳しく聞かせていただきたいんですが」

エミリーのジト目が、俺の心に思いっきり刺さる。

潔白……本当に俺は潔白なんだぁぁぁっ！

◇◆◇

数日後、ソフィアが来てから初めての定休日を迎える。

ソフィアが来る前は、この定休日に溜《た》まっていた洗濯物を処理したり、店の掃除をしたり、街の鍛冶屋を覗きにいったりしていた。

だが洗濯も掃除もソフィアが既に終わらせているし……どうしようか。

「ソフィア。公爵の家にいた時は、休日って何をしていたんだ？」

「休日……ですか？　メイドなので休日はありませんでしたが」

えぇ……メイドさんって、そんなにブラックなのか。

……あ！　だからソフィアが来た時に、メイド服しかなくて、普段着を持っていなかったのか。

とりあえず、のんびりしてもらいたいのだが……いや、ソフィアは食材の買い物以外、ずっと店にいるし、どこかへ連れていった方がいいのか？

「ソフィアは、どこか行きたい場所とかはあるのか？」

「え？　いえ、特にありませんが」

うーん、困った。鍛冶屋に連れていったところで、ソフィアには面白くないだろうし……あ、そうだ！

「ソフィア。前に裏庭で杖を使って魔法の練習をしただろ？」

「あ、あの時はすみませんでした」

「いや、そういう事じゃなくて、思いっきり魔法を使っても大丈夫な場所があるんだが、行ってみないか？」

「そんな場所が……よろしいのですか？」

「あぁ、もちろん。だけど、メイド服姿は目立つというか、ちょっと浮きそうだから、着替えて行ってみよう」

まぁ行き先は冒険者ギルドなのだが、どこの冒険者ギルドにも必ず訓練場が用意されている。

そこは魔法を打ち消す特殊な壁で覆われているので、裏庭と違って魔法の練習に適しているからな。

「リキ様、お待たせしました」

「よし、じゃあ行こうか」

ワンピース姿のソフィアに以前使ったウイング・スタッフを貸し、店を出ようとすると、扉を開けてすぐの所に幼い少年が座っていた。

幼いといっても背は高いし、顔に幼さが残っていて……ソフィアと同い年くらいだろうか。

十代半ばと思われる少年が俺たちに気付くと、勢いよく立ち上がる。

「あ、あのっ！　すみません。ここで武器が借りられるって聞いたんです！」

「うーん。確かにその通りなんだけど、今日は休みなんだよ」

「そ、そんなっ！　お願いします！　今、武器を借りられないと、困るんです！」

なんだろうか。少年は物凄く必死だ。

五分もあれば手続きは終わるので、貸してあげてもいいんだが……変な事に巻き込まれていないだろうか。

「もしかして、何か事件があったのかい？　それなら、自分一人で何とかしようとするんじゃない。騎士団に言い難い事なら俺が話を聞こう。何があったんだ？」

「事件とかじゃないけど……」

「じゃあ、どうして今すぐ武器が必要なんだ？　君は冒険者なのかい？」

「ぼ、冒険者です！　といっても、昨日一番下のF級からE級に上がったばっかりですけど」

冒険者証を見せてもらうと、緑色なので、確かにE級のようだ。

特に嘘を吐いている様子はないが、それならどうしてこんなに必死なのだろうか。

「すまない。事情を話してくれないか？　そうすれば君に見合った武器も貸してあげるからさ」

「えっと、ミアと……幼馴染みと二人でパーティを組んでいるんですけど、E級になったから魔物を倒しに行くって聞かなくて。でも、魔法が使えるミアは自分の杖を持っているけど、僕は武器を持っていないから……」

「なるほど。君は、その幼馴染みを守ってあげたいのか」

「はい。今日はしっかり休んで、明日の朝から草原のダンジョンへ行くって言っているけど、僕は武器を手にした事もないし、今日の内に練習しておこうと思って……」

あー、Ｆ級冒険者は薬草摘みとかがメインで、魔物を倒すような依頼は請けられないからな。

Ｅ級になったら、すぐに魔物と戦ってみたいという気持ちはわからなくもない。

だが魔法が使えるミアという子はともかく、前衛に戦闘経験がないのはマズいな。

「本来ならしっかり訓練を受けてから行くべきなんだが……」

「もうミアが依頼を請けちゃっているんです。グリーン・トードを十体狩るっていう依頼を」

「そうか……わかった。俺たちも訓練場へ行くつもりだったんだ。せっかくだ。君にも武器の使い方を教えてあげよう。えーっと、名前は？」

「モーリスです」

「よし、ちょっと来てくれ」

モーリスを店の中に招き、空間収納スキルに格納されている武器を確認し……丁度いいのがあった。

「よし。初めて武器を使うという事だから、これにしよう」

「これは？」

「ショートソードだよ。オーソドックスではあるけど、初心者向きで使い易い。ひとまず使ってみて、戦いに慣れてきたら、もうワンランク上の武器を使うといいよ」

まぁモーリスは身長もあるし、経験さえ積めば、すぐにロングソードに移っていいだろう。

ショートソードの方が使い易いのだが、ロングソードは長さがあって両手で扱う必要がある分、攻撃力が全然違うからな。ただ、ロングソードは脱初心者武器といった感じで人気があり、ずっと貸し出し中だったような気もするけど。

「ありがとうございます！」

「いや、とはいえ、ちゃんと料金はもらうんだけどな」

「もちろんです！　ですが僕、銀貨三枚くらいしか持っていないんですけど」

「あぁ、大丈夫だ。ショートソードなら一日銅貨一枚だ。銀貨なんて出したら、百日借りられるぞ」

「えぇっ⁉　このショートソードって新品同然ですよね⁉　一日銅貨一枚って安すぎませんか⁉　確か、買えば銀貨十枚はしますよね⁉」

初めてうちの店を利用するお客さんの例に漏れず、モーリスが驚きの声を上げ、まずは五日間借りる事に。手続きを済ませ、ソフィアと共に三人で冒険者ギルドへ。

「いらっしゃいま……り、リキ様！　ほ、本日はどのような御用件でしょうか！」

「いや、訓練場を借りたいだけなんだが、今は空いているだろうか」

「はい！　大丈夫です！　どうぞこちらへ！」

「待ってくれ。あと、誰か手の空いている、魔法を使える者を紹介してくれないだろうか。できれば、女性で面倒見の良い者がありがたいのだが、報酬を払うから魔法の練習に付き合ってもらいたいんだ」

「なるほど……わかりました。後で、誰か探してみますね」

先日の新米受付嬢に案内され、地下にある訓練場へ行くと……案の定、殆ど人がおらず、貸し切り状態だった。まぁ訓練場を使う冒険者は、まさにモーリスみたいなＥ級に上がって、初めて魔物と戦うという者だけだからな。

「よし。では今から、基礎訓練を始める。モーリスには剣の使い方を教える。ソフィアは講師が来るまで魔法の練習をしておこうか」

「あ、ありがとうございます」

「はい、わかりました」

俺はモーリスに付き、ショートソードに似た武器を使って剣の振り方や身体の使い方を教え、ソフィアは精度を高める為、壁に貼った的に向かって魔法を放ってもらう。

少しすると、先程の受付嬢に案内され、女性冒険者がやってきた。

「リキ様。こちらの方が、短時間であれば引き受けてくださるそうです」

女性冒険者は少ないので非常に助かると受付嬢に礼を言い、続けて女性冒険者に頭を下げる。

「忙しそうな所に申し訳ないのだが、こちらの少女を見てもらえないだろうか」

「わかりました。では、時間も限られていますので、早速始めましょうか」

「よ、よろしくお願いいたします」

ソフィアを任せる事にして、俺は引き続きモーリスの指導にあたる。

一通り初心者向けの事は教えたので、後はとにかく反復練習をして、身体で覚える事だな。

もちろん、教えるべき事は他にもいくらでもあるのだが、初めて剣を握ったモーリスに詰め込み過ぎても訳がわからなくなるだろうし、実践経験を積まないとどうしようもない事もある。

というわけで、教えた基本的な動きを再確認しながら素振りをしてもらっていると、女性冒険者の仲間だと思われる数人の男性冒険者が訓練場に下りてきた。

「おい、何やってんだ？　そろそろ行くぞ」

「わかった。では、すまないがここまででいいだろうか」

「はい！　ありがとうございました！」

ソフィアが元気よく答えているので、それなりに手応えがあったのだろう。

モーリスも、素振りは訓練場でなくてもできるので、今日はここまでかな。

そう思っていると、降りてきた男性冒険者の一人が、俺とモーリスに目をやり、笑い始めた。

「おいおい、何をしているのかと思ったら、素振りだと？　しかもショートソードで!?　バカじゃねーの!?　そんな事をしている暇があったら、ダンジョンで魔物の一匹でも狩ってこいよ」

「モーリス、気にするな」

「おい、そこのオッサン。その年齢でショートソードしか買えないくせに、剣術指南の真似事なんてしてんのかよ！　あっはっはっは……じゃあ、俺が剣の使い方を教えてやるぜっ！」

ん？　こいつは何をしようとしているんだ？　ゆっくりとした動作で大上段から剣を振り下ろそうとして……よくわからんな。

いきなり俺に斬りかかってきたので、手にした剣で男性の剣を弾き飛ばしておいた。

「あれっ⁉　てめぇ、何かしやがったな⁉　オッサンのくせに……俺を誰だと思っているんだ！」

「いえ、知りませんが」

「ふざけやがって……喰らえっ！」

男が予備の武器と思われるダガーを腰から抜き、真っすぐ突っ込んでくる。

……これ、丁度いい教材だな。

「モーリス。俺の動きをよく見ておくように」

「えっ⁉　リキさん⁉　相手は凄く強そうですよ⁉　さっきは手が滑って剣を落としてくれましたけど……」

手が滑ったわけではなく、俺が弾き飛ばしたのだが、まぁいいか。

俺に向かってダガーを突き刺そうとしてくる男を避けつつ、ショートソードでダガーを叩き落とす……というのを、できるだけゆっくりやってみせた。

「えっ⁉　あれ⁉　俺のダガー……」

しかし、あれだけ遅く動いたのに、この男は何をされたかわかっていないのか。

「モーリス。今のように、直線的な動きをする奴は、横に避けるだけでいい。後は、さっき教えた剣の振り下ろしの応用だな。踏み込む代わりに足を下げる事で、身体の重心を動かすんだ」

「す、凄いです。リキさん、どうしてそんな事ができるんですか⁉」

「俺も元々は冒険者だったんだよ」

良かった。ゆっくり動いた甲斐があって、少し離れていたモーリスにはしっかり見えていたようだ。

とはいえ、見るとやるとでは大違いなので、この男の相手をモーリスに……というのは、さすがに無理がある。

とりあえず、冒険者である以上、うちの店のお客さんになる可能性があるから、何とか宥めるか。

「卑怯だぞ、オッサン！　さっきから、よくわからない事をしやがって！」

俺が剣やダガーを叩き落とした事に気付いていないようだから、ここから何とか謝ってしのごう。

「やめとけ。お前じゃ、その人に勝てねぇよ」

「は？　リーダー、何言ってんだ？　あいつが何か卑怯な事を……」

「違う。至近距離のお前には見えていないかもしれないが、この人はメチャクチャ強い。しかも、あっちの若いのに見えるよう、おそらく手を抜かれているぞ」

　最初に下りてきた男が、俺に突っかかってきた奴を止め、俺のところへやってくる。

「うちのパーティメンバーが失礼な事をして、すみませんでした」

「いえいえ、こちらこそ武器を傷付けてしまって、すみません」

「いえ、正当防衛でしょう。というか、武器だけに留めていただいて、ありがとうございました」

　男は深々と頭を下げ、弾き飛ばされた武器を回収して去っていった。

　……しまった！　お詫びという事で、うちの店に武器を借りに来てもらうくらいは、言えば良かったな。

「あー、こほん。ひとまず、今日はこれくらいにしておこうか。あと、モーリスが明日行くのは草原のダンジョンだよな？」

「はい、そうです」

「そこなら、グリーン・トードと角ウサギしか出ないはずだ。で、角ウサギの動きが、正に今の男と同じで、角で突き刺そうとしてくる。横に避けつつ、剣を振り下ろすんだぞ？」

「えっと、こんな感じ……ですか？」

「あぁ、いいじゃないか。モーリスはセンスがあるから、きっと大丈夫だ。ただ、さっき言った二体の魔物以外と遭遇したら、全力で逃げるんだぞ？」

一通り、教えるべき事は教えて解散となり、俺とソフィアは買い物へ。

一週間分の食料と、ソフィアの部屋に足りないものを買い、あとは店で調べ物をする事にした。図書館で借りた八冊の内、もう六冊は読み終えてしまったので、早く古文書が届いて欲しいと思いながら、一日が過ぎていき……翌日の夕方。閉店間際に泥だらけのモーリスが飛び込んでくる。


「リキさん！　ありがとうございました！　おかげさまで、初めてのクエスト……ちょっと攻撃も受けてしまいましたが、無事に完遂しました！」

「おめでとう！　モーリスなら大丈夫だと思っていたよ」

「ありがとうございます！　それで……ですね。ミア……僕のパーティメンバーも、今度何か杖を借りたいと言っているんですが」

「うちの店としては断る理由はないよ。いつでも……できれば開店している時に来てくれ」

「はいっ！　では今度はミアと一緒に来ますね！」

そう言って、モーリスが笑顔で出ていった。

うーん、いいねぇ。何ていうか、アオハルって感じだな。

俺にはそんなものなかったけどと、昔の……日本の学生時代の事を思い出していると、エミリーが近付いてきた。

「リキさん。今のお客さんは？」

「あぁ。いろいろあって、昨日ちょっと剣を教えてあげたんだよ」

「えっ⁉　リキさん自らですかっ⁉　いいなぁ！　私にも教えてくださいよー！」

「エミリーは魔法に転向するんだろ？　俺は剣ならまだしも、魔法は使えないんだが」

「た、確かにそうですけど、元は私も剣士です。剣も魔法も使える方がいいじゃないですかー」

どちらかというと、魔法が使える者の方が少ないので、魔法に専念した方がいい気がしなくもないのだが……まぁエミリーがそういうなら、教えるか。

「わかった。じゃあ、次に店が休みの日に……ソフィアも、一緒に行くか？」

「はいっ！」

「……二人っきりが良かったのに……」

ソフィアが元気に返事をしてくれた一方で、エミリーが何か小声で呟いていて、聞き直してみたのだが教えてくれず……何だったのだろうか。

とはいえ、今のところは大きな問題もなく、レンタルショップが順調に経営できている。

あとは、公爵令嬢のベルタから依頼された聖女の杖か。

今の所、有力な手掛かりが見つかっていないが、こっちは地道にやっていくしかないな。

閉店時間になったので店を閉め……まだ調べ終えていない本を読み進めていく事にした。

第三章　元S級冒険者のオッサン、ようやく真の力に気付く

「こんにちはー！　冒険者ギルドの者ですが、リキ様はいらっしゃいますか？」

エミリーに剣を教えた翌日。昼食を済ませ、午後に店を開いてすぐに、冒険者ギルドの新米受付嬢がやってきた。

「いらっしゃいませ……で、いいのか？」

「あ、リキ様！　お世話になっております。冒険者ギルドのティナです」

いつもの新人受付嬢……ティナって名前だったんだな。

何度か会話しているのに、名前を知らなかった事を心の中で謝りつつ、用件を聞いてみる。

「昨日もギルドの訓練場に行ったんだが……あ、そういえば昨日はいなかったな」

「はい。昨日はお休みだったので……っと、それよりリキ様。少しだけギルドへ来ていただく事はできないでしょうか」

「え？　今からか⁉　うーん。まぁ少しだけなら」

「そこまでお時間はかからないと思いますので……たぶん」

「何だか凄く不穏な感じがするが……エミリー、ソフィア。すまない。少しだけ行ってくるよ。返却は受け付けて構わないが、貸し出しは少し待ってもらって欲しい」

この時間はそれほどお客さんが来ないので、急いで戻れば大丈夫だろうと、ティナと共に冒険者ギルドへ向かう。

建物に入ると、そのまま奥の部屋に通され……ギルドマスターが待っていた。

「リキ様。お越しいただき、ありがとうございます」

「とりあえず、あまり店を空けるわけにもいかないので、手短に頼む」

「えぇ。二つ話がありまして、一つは以前にご依頼いただいた、古文書の件です。リキ様からのご依頼ですので、特例中の特例……という事で、特別に借りる事ができました。ご確認ください」

そう言って、ギルドマスターが十二冊の古文書を机に置く。

図書館から借りた八冊の本は既に読み終わり、返却もしてしまっていたので、助かった。これで、調査が再開できる。

「助かるよ。ありがとう」

「いえ、外ならぬリキ様のご依頼ですから」

物凄く恩を着せられている気もするが……文句ならベルタに言ってくれないだろうか。

割と本気でそんな事を考えながら、空間収納スキルで古文書を格納すると、ギルドマスターが立ち上がる。

「では、もう一つの話です……すみませんが、ついてきてください」

わざわざ場所を変えるというのは、何だろうか。話なら今の部屋ですればいいと思うのだが。

内心、首を傾げながらついていくと、地下に降りていき、訓練場へ。

そこには数日前に武器を貸した、モーリスとミアがいた。

「リキ様。こちらの二人の事は、ご存知ですよね？」

「あぁ。うちの店で武器を借りてくれているのだが……二人が何か？」

「はい。ちょっと前代未聞の事態が起こっておりまして、是非ともリキ様のご意見をお聞かせいただければと」

ギルドマスターが、二人に顔を向けて合図をすると、まずはモーリスが剣を構える。

ちなみに、最初に貸したショートソードではなく、ミアと来た時に少しグレードを上げ、ロングソードを貸しているのだが……特におかしな点は見当たらない。

「はぁっ！」

そんな事を考えている間に、モーリスが剣を真横に薙ぐと、訓練場につむじ風が巻き起こった。

「これは……ワールウインドのスキルのようだな。モーリスはスキルが増えたのか？」

「確かに稀《まれ》ではありますが、後天的に使えるスキルが増える例はありますし、私もそういう者を何人か知っています。ですが、今回リキさんをお呼びしたのは、モーリス君とミアさんが後天的にスキルを得たわけではない……からなのです」

「え？　スキルが増えていないのに、スキルが使えるって、どういう事なんだ？」

「それについては、ミアさんのケースを見ていただくと、わかり易いかと思います」

ギルドマスターに呼ばれてミアが前に出ると、俺が貸したアーク・ワンドという杖を手にして、氷の魔法を使用する。

「フリーズ・アロー」

訓練場の壁に向かって、十数本の氷の矢が一斉に飛んでいく。

二人はＥ級冒険者に上がったばかりだと聞いていたが、これだけの威力が出せるのであれば、Ｄ級にすぐ上がれるのではないだろうか。

だが、ミアがアーク・ワンドを床に置き、ギルドマスターに渡された、氷魔法が強化されるアイス・ロッドを手にして同じ魔法を使用すると……。

「フリーズ・アロー」

なぜか今度は氷の矢が五本しか飛んでいかなかった。

「……ん？　今のは手を抜いたのか？」

「いいえ。同じように魔法を使ったんです。ですが、リキさんに借りた杖を使うと、凄い威力が出て、別のお店で買った杖を使うと、なぜかそうでもないんです」

詳しく話を聞くと、ミアは商人の娘で、親が装備を揃えてくれるらしい。

今回、俺の店でアーク・ワンドを借り、こんなに攻撃魔法が強化されるなら、氷に特化したアイス・ロッドを使えばもっと凄くなるはず！と、親に買ってもらったそうなのだが、結果は先程の通り。

だが、ギルドマスターの見立てによると、別の杖とアイス・ロッドをそれぞれ使った、ミアの氷魔法の威力は妥当らしい。

「つまり、リキ様のアーク・ワンドを使った場合だけ、過剰な威力が出るんです。そして、モーリス君もワールウインドが発動するのは、リキ様から借りたロングソードを使った場合のみなのです」

「へぇ……そんな事があるのか」

「リキ様。実は武器にスキルを付与するスキルを持っていたりしないでしょうか？　そんなスキルがあれば、前代未聞の事で……」

「待ってくれ。そんなスキル、俺は持っていないぞ？　というか、ギルドマスターが自分で言ったけど、スキルを付与するスキルなんて、聞いた事がないし」

「ですが、ご覧の通りの状態です。そして、もしもリキ様の武器を使うとスキルが増えるというのであれば、それは絶対に冒険者の利益に……安全に繋がります。そして、今後のギルドの発展にも！　どうか、リキ様のスキルを今一度ご確認いただけないでしょうか」

ぇぇ……そうは言っても、冒険者の現役の頃ならいざ知らず、引退した今になってスキルが増えるものなのだろうか。

とはいえ、ギルドマスターもグイグイ迫ってくるし、使えるスキルが増えると、冒険者の安全に繋がるのはその通りだ。

「わかりました。ひとまず、いろいろと検証はしてみます」

「ありがとうございます！」

「あ、最後に……モーリス。その剣を一度貸してくれないか？」

検証の一環として、モーリスが横に薙いだだけで、つむじ風が起こったロングソードを手にし、同じように俺も剣を横に振ってみると……出るのか。

だったらミアならどうかと、頑張って振ってもらい……これまた、つむじ風が発生した。

スキルが増える理屈がわかれば、俺が魔法スキルを使う事だってできるようになるかもしれなくて……確かにこれはとんでもない事だな。

改めて事の重大さを再認識して店へ戻ると、店の中からソフィアが走り寄ってきたのだが、直前で盛大に転ぶ。

「ソフィア。大丈夫か？」

「は、はい。それより、お客さんが待っていますので、貸し出し手続きをお願いいたします」

どうやら俺が思っていた以上に店を空けてしまっていたらしく、八人程のお客さんが待っていた。

お客さんに謝りながら貸し借りの手続きを済ませ、お客さんがいなくなったところで、先程の事をエミリーが聞いてくる。

「リキさん。さっきのギルド職員さんは何だったの？」

「いや、それが……なぜかはわからないんだが、この店で借りた武器を使っている間だけ、スキルが増えるみたいなんだ」

「えっ!? ど、どういう事!?」

「俺にもわからないが、事実なんだよ。ひとまず店を閉めた後で、二人に詳しい事を話すよ」

エミリーが信じられないと言った表情を浮かべているが、その気持ちはよくわかる。

俺だって、ギルドで目の当たりにせずに同じ事を言われたら、まず信じないだろう。

しかし、実際にこの目で見たし、自分で発動させてしまったからな。攻撃スキルを一切持たない俺が。

それからいつも通り営業を終えて店を閉めると、すぐにエミリーがやってきた。

「リキさん。説明していただけますか？」

「あぁ。ソフィアも聞いてもらいたいんだが……」

エミリーとソフィアに、今日のギルドで起こった事と俺が体験した事を話すと、二人が顔を見合わせる。わかる。わかるよ。でも、本当なんだってば。

「……えっと、リキさんが貸した武器を使った人は、全員スキルが増えるのかな？」

「どうだろう。それならもっと大騒ぎになっていると思うんだ。それに、エミリーとソフィアにも、それぞれ武器を貸しているけど、何かスキルが増えたなんて事はあっただろうか？」

エミリーは魔法学校が始まるまでに杖を買わなければならないから……と、いろんな杖を貸していて、お客さんがいない暇な時に裏庭で魔法の試し打ちをしている。

ソフィアはウイング・スタッフが気に入ったのか、ずっと同じ杖を使って、裏庭や訓練場で魔法の練習をしていた。

幸い、それぞれが違う方法で俺の武器を使ってくれているけど、どうだろうか。

「うーん。私の場合、自分のスキルというより、杖の性能を比較しているから、よくわからないかな」

「私は、教えてもらった事を確実にできるようにって、同じ魔法しか使っていないので……すみません」

「いや、気にしないでくれ。というかスキルが増えるなんて、俺も思ってもいなかったし」

ただ、俺が貸した武器だけで起こっているというのなら、間違いなく絶対回収スキルに何らかの効果があったのだろう。

長年使い続けてきたスキルではあるが、冒険者時代は矢とかアイテムとかっていう消耗品にしか使っていなかったのが悔やまれる。

「それで……だ。ギルドから、スキルが増える条件を見つけて欲しいと言われているんだが、二人にも協力してもらえないだろうか。もちろん、今までのように時間がある時に、裏庭で様々な武器を使ってもらうというだけなんだが」

「私は構いませんよー。元より、いろんな杖を借りていろんな杖を試してみようと思っていましたし」

「私も大丈夫です。エミリーさんみたいに、いろんな杖を試してみようと思います」

協力してくれると言う二人に礼を言い、ひとまず明日からという事で、今日のところはエミリーに帰宅してもらった。

「それにしても、スキルが増えるって凄いですね」

「そうなんだ。法則がわかれば、とんでもない事になるんだが」

「……スキルが増えれば、私もリキ様の役に立てるでしょうか？」

「何を言っているんだ？　俺からすれば役に立つどころか、スキルとか関係なしに、ソフィアなしにはもう生きられないと思っているんだが」

「えぇっ⁉　あ、あの、リキ様。そ、それって……」

「あ、すまない。言葉の綾《あや》だから、忘れてくれ」

しまった。ソフィアが変な事を言い出すから、慌てて変な事を口走ってしまった。

もう俺が作った適当料理ではなく、ソフィアの美味しい料理でないと喉を通らないと思えるくらいに舌が肥えてしまったんだよな。

掃除や洗濯は下手なりに自分ですれば問題ないが、どうすればソフィアの作る料理の味に近付けられるかがわからない。最初は公爵令嬢の家と環境が違うからか、調味料を間違えたり、料理を焦がしたりしていたけど、最近ではそんな事は殆ど……たまにしか起こらないしね。

「わ、私、夕食の準備をして参りますね！」

俺はソフィアの料理の腕を褒めたかったのだが、変に誤解されかねない言葉になってしまったので、ソフィアが顔を紅く染める程に怒ってしまった。まぁ求婚とも捉えられかねない言葉だったし、俺にそういう意図がないにしても、オッサンからそんな事を言われたら気持ち悪いよな。

ソフィアの料理の邪魔にならないように、後で改めて料理の腕をしっかり褒める事にして、俺は自分の部屋で古文書の調査をする事にした。

暫くすると、美味しそうな匂いがしてきて、そろそろ呼ばれる頃ではないかと思っているのだが……あれ？　焦げ臭くないか？

「ソフィア？　ソフィアーっ⁉　鍋……」

「り、リキ様っ⁉　鍋って……あぁぁぁっ！」

ソフィアはシチューを作ってくれていたようだけど、なぜかぽけーっとしていて、鍋から黒い煙が出ていた。慌てて火を止めたが、ソフィアが鍋に触れてしまう。

「――っ！」

「大丈夫か？　すぐに流水に！」

ソフィアの手を取り、すぐに水で冷やす。確か火傷用のぬり薬があったはずだから、それを使おう。

ソフィアが痛そうにしているので、綺麗な布で患部を拭き、空間収納から取り出した薬を貸し借りなどもせずに塗っていく。

「り、リキ様⁉」

「火傷に効く薬なんだ。すぐに効くはずだから、少しだけ我慢して欲しい」

「ひゃ、ひゃい……」

ソフィアの手に薬を塗り、そのまま様子を見ていると、赤くなっていた箇所が綺麗に治った。

「良かった。綺麗になったね」

「あ、ありがとうございます。あの、そのお薬はお高い物なのでしょうか……」

「ん？ あぁ、気にしなくていいよ。元々冒険者だったからね。薬の類は沢山持っているんだ」

実際、よく使うヒール・ポーションだけでなく、毒や麻痺《まひ》に混乱や魅了といった、様々な状態異常を治す薬も一通りそろえている。その上、緊急時以外はカールに貸してから使用してもらっていたから、殆ど減らないんだよな。

「うぅ……すみません」

「えっ⁉ ど、どうしたんだ⁉」

「わ、私が唯一お役に立てている家事も失敗してしまい、聖女様の子孫なのに治癒魔法も使えないですし……」

「いや、失敗は誰にだってある事だし、治癒魔法が使えなくてもソフィアは他の魔法が使えるじゃないか」

全く気にする必要はないと思うのだが、ソフィアが思いっきり落ち込んでしまっているので、何か話題を変えないと……と思っていたら、間の悪い事に俺の腹が鳴ってしまった。

「す、すみません！　今すぐ何か作り直します」

「ま、待った。作り直さなくても、ソフィアが作ってくれたシチューがあるだろ？」

「ですが、焦げてしまっておりますし……」

「……いや、これなら大丈夫だ」

焦げた鍋にあるシチューの味見をすると、少し焦げた味がするだけだ。これくらいなら、俺が作った料理よりも美味しいと思うのだが、たぶんソフィアが納得しない。

というわけで、料理の腕はないが、日本の料理漫画で知識だけはある俺が手直ししてみせよう。

「えっと、焦げたシチューはかき混ぜずに、静かに耐熱性の器へ入れるだろ？　それから、上にチーズを掛けて、オーブンへ入れると……」

「あっ！　もしかしてグラタンですか？」

「そう！　その通りなんだけど……俺には火加減とかがわからないんだよ。申し訳ないんだけど、ここから先はソフィアに手伝ってもらえないだろうか」

「はいっ！　任せてくださいっ！　あと、グラタン用に少しだけ味を調えますね」

そう言って、ソフィアがいろんな調味料を加えて、器をオーブンへ。

その間にサラダを用意してくれて、美味しく夕食をいただく事ができた。

それから、一緒に後片付けをしていると、ソフィアがじっと俺を見つめてくる。

「ソフィア、どうかした？」

「えっ⁉　えっと、その……ベルタ様の事もありますので、少しお時間をいただければと」

何の話だ？　時間が欲しいって……あぁ、夕方に話したスキル調査の件か。

「もちろんだ。俺としては急ぐ必要はないと思っているし、ソフィアのペースで進めていこう」

「あ、ありがとうございます。リキ様」

そう言ってから、なぜかソフィアが目を合わせてくれなくなってしまったのだが、何か変な事を言ってしまったのだろうか。

不思議に思いながらも風呂を済ませ、自室で古文書の調査の続きをしていると、パタンと隣の部屋から扉が閉まる音が聞こえてきた。

ソフィアがお風呂から出てきたみたいなのだが、ゴロゴロと変な音が聞こえてくる。

何だ⁉　普段、ソフィアの部屋からは物音一つ聞こえてこないのだが、何が起こっているんだ⁉

部屋の中に虫でも現れて困っているとか……いや、虫くらいでここまで激しい音にはならな

いはずだ。……まさか、考えたくもないが、魔物の類とかか⁉

「ソフィア、大丈夫か⁉」

慌てて隣の部屋に入ると、パジャマ姿のソフィアが枕を抱きしめながら、右へ左へと床をゴロゴロ転がっていた。

「……り、リキ様っ⁉」

「ソフィア……何をしているんだ？」

「こ、これは……す、すみません！　えっと、しゅ、就寝前の運動を……」

「そうか。すまない。あまりに激しい音がするから、何かあったのかと思ったんだ。えっと、その……おやすみ」

「お、おやすみなさい」

ソフィアが顔を真っ赤に染めていたので、パジャマで運動しているところは見てはいけなかったのだろう。というか、普通はオッサンにそんな所は見られたくないよな。

明日、改めて謝ろうと思いながら、再び古文書の調査を進め、キリの良い所で就寝する事にした。


それから数日。エミリーは剣を、ソフィアは杖を担当し、俺から武器を借りて何か起こらないかを調べていく。

ちなみに、モーリスとミアが使っていた剣と杖は、スキルが増える原因がわかるまでという条件付きで、ギルドマスターに貸している。

あのロングソードは剣を横に薙いだ時だけワールウインドが発動し、アーク・ワンドは氷魔法を強化するアイス・ロッド以上に魔法が強化された。

おそらく、スキルが増える武器を手にしていたとしても、その発動方法や発動条件などを見つけないとダメで、なかなか成果が出ない。

このため、かなりの長期戦を覚悟していたのだが、お客さんがいない売り場にソフィアが息を切らせながら走ってきた。

「り、リキ様っ！　で、出ましたっ！　治癒魔法です！　治癒魔法のヒールが発動しましたっ！」

当然ながら、裏庭から売り場までは数秒で来られる距離だ。この距離で息が切れるはずもないので、スキルが増えているかどうかを試す為に、全力で試行錯誤してくれたのだろう。

「ありがとう、ソフィア」

「いえ、リキ様の役に立てて、嬉しいです。そうだ！　せっかくなので使ってみますね……ヒール」

ソフィアが杖を俺に向けると、淡い緑色の光に包まれ、ほんのり身体が温かくなる。

昔、ダンジョンの中で助けたヒーラーに使ってもらった事があるのだが、あの時と同じ感じだと思う。

「ソフィア、ありがとう。間違いなく、これはヒールの魔法だよ」

「えへへ……良かったです」

何だろう。ソフィアが随分とくっついてくる気が……あ！　立つのに支えが必要なくらい疲労しているのか。

「ソフィア、すまない。少し触れるぞ」

「え？　ひゃぅっ！」

ソフィアを抱きかかえ、二階へ上がると、そのままベッドへ。

「ソフィア。頑張ってくれるのは嬉しいけど、無理をし過ぎはダメだからな？　少し横になろうか」

「リキ様……その、お気を遣わせてしまってすみません」

「何を言っているんだ？　俺たちはもう家族みたいなものだ。気を遣うとかじゃなくて、普通に休んで欲しいだけだよ」

従業員として働いてもらっている上に、一緒にご飯を食べて同じ家で暮らしているんだからな。

年齢的にも父と娘みたいな感じだし。

「……家族。私にも家族……」

「ソフィア。俺は店に戻るけど、ゆっくりするように」

ソフィアに毛布を掛けて部屋を出て……あ！　息を切らせていたし、水を置いておいた方がいいのかも。

コップと水差しを用意して部屋に戻ると、ソフィアが顔を真っ赤にして、毛布の中から俺を見つめてくる。

しまった！　もしかして、汗をかいたから着替えていたりしたのだろうか。

「す、すまない。水を置いておこうと思ったんだ。じゃあ、俺はこれで……」

「あの、リキ様！　わ、私は良い妻になれるでしょうか？」

「当然だろ？　ソフィアは料理も掃除もできるし、何より可愛いし、間違いなく最高の奥さんになるよ」

「ひゃぁぁぁっ」

うん。いつかソフィアも誰かと結婚すると思うが、確実にいい奥さんになるだろう。

……なぜか、少しだけ胸がチクッとしたような気もしたけど、できるだけソフィアを見ないようにして、店へ戻る事にした。

それから、翌日にはエミリーもスキルが増える武器を見つけ……何かコツでも掴《つか》んだのか、エミリーがスキルの増える武器を毎日発掘する。

「エミリーさん、凄いです」

「いやー、ただの運だと思うんだよねー。それか、剣の方がスキルの増える武器が多いか」

「……確かにそれは関係するかもしれないな。俺が剣を使い、魔法を使えないという事もあって、剣と杖では商品数が全く違うからさ」

ちゃんと数えていないが、倍どころではなくて、剣と杖だと四倍くらい差があるのではないだろうか。神器だって、剣はいくつかあるが、杖は一つもないし。

「それより、二人が見つけてくれた、これらのスキルが増える武器なんだが……何か共通点はあるだろうか」

「剣は、正直言ってバラバラですねー。私が元々使っていた細剣もあれば、片手剣もあるし、料金が高い剣も安い剣もあるし」

「杖は三つしか見つけられていませんが、こちらも共通点はなさそうな気がします。でも強いて言うなら、どれも貸出期間が長い……とかでしょうか」

うちの店は剣の種類が多いからか、短期間でいろんな武器を試してみる……という使い方をするお客さんが多い。その一方で、杖は同じ価格帯の種類が多くない為、一つの武器を長めに借りると言うお客さんが多いのは確かだな。

「ん？　ちょっと待てよ。ソフィア、ありがとう！　たぶん、それだ！」

「えっと、どれ……ですか？」

「さっき言った、貸出期間が長いっていう話だよ。剣の方も、帳簿と照らし合わせてみると、どれも貸出期間が長いんだ！」

確認してみたが、この中にお客さんが借りたことのない武器や、一日だけしか借りられていないような武器は一つも含まれていない。

どれも、最低でも一週間は同じ人が連続して借りている。

長期的に武器を貸す事が条件なのだろうか。

「ん？　あれ？　待てよ。この剣とこの剣……増えたスキルが同じで、借りた人が同じだな」

「本当だー！　……あ、この人、覚えていますよ！　斧を返しに来たと思ったら、この細剣を借りていったから、極端過ぎないかなーって、ちょっと心配だったんです！」

「この斧か……店にあるし、ちょっと使ってみるか」

帳簿から、同じ人が以前に借りた斧を手に取り、裏庭へ。

さすがに斧をエミリーに使ってもらうのは無理があるので、俺が試してみる。

「確か、さっきの人が借りた細剣を使うと、フリーズ・フロストのスキルが発動したんだよな？」

「そうです！　縦に振ったら、剣先が輝いたので、もしかして……と思ったんです」

「じゃあ、この斧でも試してみるか……はぁっ！」

エミリーに言われた通りに斧を振り下ろすと、刃が輝き、打ち下ろした地面が凍り付く。

確かに、フリーズ・フロストのスキルと同じだ。

「これは……一定期間、借りた人が使い続けたら、その人の持つスキルが使えるようになるという事だろうか」

「そうなんじゃないかな？　リキさん。最初に私が借りたウィザード・ロッドを使ってみてくれませんか？　一週間借りているので、私のスキルが発動すると思うんです」

エミリーによると、細剣修練という細剣を使っている時だけ攻撃力が上がるスキルと、火炎弾を放つファイアー・ボール、その名の通りの敏捷性《びんしょうせい》向上という三つのスキルを持っているらしい。

早速、店からウィザード・ロッドを取ってきて、力いっぱい叫んでみた。

「ファイアー・ボール……うわ、本当に出た！」

念の為、真上に向かって放ったが、杖から火の弾が現れ、真っすぐ飛んでいって霧散する。

初めて魔法が使えた……と喜びつつも、検証を先に終えてしまおうといろいろ試すと、エミリーが言ったスキルが全て使えてしまった。

とはいえ、細剣修練は細剣でしか効果がないため、左手に杖を持ち、右手で細剣を振るうという微妙な戦い方になってしまうが。

「ソフィアちゃんも、確か同じ杖を使い続けていたよね？　リキさんに確認してもらったら？」

「え……そ、そうですね。私は風魔法と水魔法……が使えます。図書館でお見せした、見えない手を動かすインビジブル・ハンドと、風を起こすテイル・ウインド、水を生み出すクリエイト・ウォーター……です」

「じゃあ、早速やってみよう」

ソフィアの使っている杖を手にして、それぞれのスキル名を発してみると、いずれも使えてしまった。

「これはもう、確定……だな」

「そうですね！　リキさん、今ならお客さんもいない時間帯ですし、ギルドへ報告を済ませちゃってください。きっとこれは……凄い事になると思います」

「そうだな。悪いが、ちょっと行ってくるよ」

エミリーの言葉に甘えさせてもらい、今回確認したスキルが増える武器の一覧を手に、冒険者ギルドへ。

ティナに事情を話し、ギルドマスターの部屋へ。

「リキ様。先日のスキルが増える武器について、何やら解明したとか」

「あぁ。その前に、俺のスキルについて少しだけ説明が要るんだが……」

ギルドマスターとティナに、他言無用だと念押しし、絶対回収スキルについて軽く説明する。

更に連続一週間貸すと、貸した相手のスキルが、その武器を手にしている際に使えるようになるとも。

「そ、そんなスキルが……冒険者ギルドで様々なスキルを記録しておりますが、初めて聞くスキルです」

「悪いが、俺のスキルを記録するのはやめてくれないだろうか」

「も、もちろんです。そういうお約束でしたから。ですが、これは凄い事ですよ」

「そうだな。冒険者の安全が格段に上がると思う」

「えぇ。リキ様のスキルは伏せ、スキルが使えるようになる武器がある……というのは冒険者に案内してもいいですよね？」

「そうだな。元より冒険者の為にこの調査を始めたわけだし」

ギルドマスターと話を詰め、スキルが増える条件などはお互い表に出さず、武器毎に使えるスキルについても、わかる範囲で開示し、貸出料金もこれまでと変えない事にした。

あと、貸し出しの予約や取り置きは対応せず、同じ武器を誰かが占有しないように最長で十日間までしか貸さないなどとも。

「では、早速帰って注意書きの準備をするよ」

「それでは、こちらはリキ様の武器の件については、夕方以降に冒険者へアナウンスするようにします」

スキルが増える条件が判明していたので、ギルドが預かっていた俺の武器も返してもらって店に戻ると、ソフィアが紙で何かを作っていた。

「ただいま。ソフィア、それは？」

「おかえりなさい、リキ様。えっと、持っている時にスキルが増える事が判明している武器について、どのようなスキルが使えるのかも明示しておいた方が、お客さんにわかり易いかと思いまして」

「ありがとう、ソフィア。正にそれをお願いしようと思っていたところだったんだ」

ソフィアとエミリーに冒険者ギルドで話した事を伝え、武器に付けているラベルに、使えるようになるスキルのラベルも加えてもらい、細かい貸し出しルールを、大きな貼り紙に書いてもらう事にした。

「うぅ……ソフィアちゃんの方が圧倒的に綺麗な字ですので、これはお任せします」

「メイドとして、書類を代筆する事もありましたので」

「さすがソフィアだな」

ソフィアに感謝していたら、エミリーが頬を膨らませ、少しだけ拗《す》ねているようにも見える。

いや、何というか……女性って難しいな。

そんな事を考えながら、店の準備をしていると、突然雪崩のように大勢の冒険者たちが入ってきた。

「あ、あのっ！　持っている間、使えるスキルが増える武器があると聞いたんですが！」

「それなら、そちらのショーケース……」

「うぉっ！　ボーン・クラッシュのスキルが使える剣だとっ⁉　こっちは、チャージスキル⁉　こ、これを貸してくださいっ！　一か月程！」

おそらく、冒険者ギルドでスキルが増える武器の話があったのだろう。冒険者たちが目の色を変えて武器を見ている。

そして案の定、長く占有しようとする者が早速現れたので、ソフィアが書いてくれた貼り紙を見せ……って、客が多過ぎるっ！

しかも、来ている冒険者数に対し、スキルが発動する武器の数が圧倒的に足りない。とはいえ、ない物はないので、「貸した武器を一旦返して、同じ者が即再び借りる事はできない」というルールを追加して諦めてもらった。

「り、リキ様……凄かったですね」

「リキさん、大丈夫ですか？　ソフィアさんの言う通り、凄かったですけど」

「あ、あぁ。何とかね。ソフィアの貼り紙が間に合っていて本当に良かったよ」

あの貼り紙が間に合ってなければ、大声で何度も説明して……と大変な事になっていたと思う。

「だけどスキルが増えるというのは、冒険者のランクに関係なく……何なら、冒険者以外でも欲しがるだろうから、今更だけど、あぁなるのは当然だったのかもな」

十六歳の時に授かるスキルや、後天的に身に付くスキルは、いずれも戦闘に関するスキルだ

グラストNOVELS NEWS①

8月23日発売、大注目作品！

しんこせい先生書き下ろし新作の冒頭1300字を特別試し読み！

『勇者の専属鍛冶師、引退して山を買う ～極めたスキルで理想のセカンドライフが始まりました～』

著・しんこせい　イラスト・TAPI岡

そこでは世界の命運をかけた、人類と魔物の頂上決戦が行われていた。

あらゆる生物を拒む瘴気に満ちた大地にて魔物を支配する怪物である魔王に相対するのは、彼を倒すために同じく人外の領域へと足を踏み入れた四人の戦士達。

「ゴッズディスペア！」

魔王の放つ、神すらも消失させる一撃を、短く切り揃えた黒髪を持つ少女は真っ向から相対する。

「ホーリーディヴィジョン！」

少女が手に持っているのは見るもの全てを魅了するほどの神々しさを放つ盾だった。

その聖なる盾――聖盾から飛び出す防壁は、魔

8.23発売！

※制作中のイメージです
予価1350円＋税

どこよりも早く登場人物イメージ画をチラ見せ！

ラック
勇者専属だった鍛冶師。規格外の技術を持つが無自覚

※掲載内容は書籍編集作業中のものです。実際の商品では本文およびイラストに変更が出る可能性がございます

王の一撃すらその場に縫い止めてみせる。

薄く七色に光る防御壁の隙間を縫うように飛び出したのは、全身を金属鎧に身を包んだ女騎士だ。

彼女は両手に持つ純白の槍を勢いよく突き出す。

「ディヴァインショット！」

彼女の放つ突きは見事命中。

本来であれば聖剣でしかダメージを与えることができぬはずの魔王の腹に大穴が空く。

彼女が操る槍は聖槍――かつて滅んだ古代文明の技術によって生み出された聖性を持つ槍であった。

「ぐぬぅぅぅ……まだだっ！」

衝撃を食らい後方に吹っ飛ぶ魔王だったが、与えられた一撃によるダメージは致命傷にはほど遠いものだった。

「これで終わりだ――ケイオスホール！」

魔王は己が放つことのできる最大の一撃を発動させる。

極小のマイクロブラックホールが相手をその存在ごと異空間へと飛ばす絶対の一撃。

本来であれば存在がかき消えるほどの一撃を目の前にしても尚、一人の少女は前に出る。

金髪を靡《なび》かせる彼女の名はリアム。

世界でたった一人、魔王を倒すことのできる勇者だ。

リアム
魔法剣士の勇者。引退したラックを追いかけてくる
シュリ
獣人族の娘。とある縁からラックとともに暮らし出す

彼女の手に握られた魔を滅する正義の剣、聖剣クラウソラスは――見事魔王の心臓に突き立った。

「我が……我がこんなところでぇぇぇぇぇぇぇ……!!」

断末魔の叫び声を上げる魔王が、パタリと倒れる。

そして黒い煙が噴いたかと思うと、この場に彼がいた証拠は、転がった黒い光を放つ魔石と、彼が使っていた一本の剣だけになった。

「これで……全て、終わったのですね……」

荒い息を吐きながら地面に倒れ込む戦士達を、唯一後方で待機していたプリーストが癒やしていく。その手に握られている聖杖を使えば、仲間達の傷は瞬時に癒えていく。

圧倒的な体力を持つ魔王と戦っても前衛が崩壊しなかったのは、ひとえに彼女のその回復能力のなせる技だった。

「ああ、僕達――五人の勝利だ！」

勇者リアムは、高く拳を掲げる。

勇者、聖騎士、聖戦士、聖女。

ここにいるのは四人だったが、彼女達の脳裏にはもう一人、かけがえのない仲間がいた。

女四人のパーティーにサポートメンバーである彼を加えた五人で、彼女達は様々な艱難辛苦を乗り越えてきた。

その人物の名は、本人たっての願いにより、世間にはほとんど知られてはいない。

一体誰が信じることができるだろう。

ジル
ラックが拾ってきた狼(!?)。実はものすごい存在で…

ビビ
エルフ。ラックの鍛えたフライパンに魅せられて…!?

『勇者の専属鍛冶師、引退して山を買う』～特別試し読み～


彼女達が魔王に勝利するために最大限の貢献をなしたのが、名も知れぬ一人の鍛冶師であることを。

――壊れた聖剣を修復し、そこから古代文明の神聖文字を解読し、魔王へ届きうるいくつもの聖武具を現代に再現してみせた男がいるなどと。

そしてその男が実は、

「ふぅ……そろそろ、潮時かもしれないな……」

雑事に煩わされる都会生活を捨て、一人で隠居生活を目論んでいるなどと……。

鍛冶師はいかにして
勇者パーティーと出会い
最強に至ったのか――
彼だけが持つ古代文字の解読と
鍛冶スキルで規格外の
山奥スローライフが始まる!?

8月23日(金)の発売をお楽しみに!!

この試し読みの続きはノベマ!ですぐ読めます
登録不要!

グラストNOVELS NEWS②

発売即重版!の『山奥育ちの俺～』

待望の2巻は王立学院でますます無双!

山奥育ちの俺のゆるり異世界生活

もふもふと最強たちに可愛がられて、二度目の人生満喫中

②巻 8.23 発売!

あらすじ

赤ちゃんの姿で異世界に転生したユウキ。山奥で規格外に育ち、6歳にして天才ちびっことして王都中の噂に！　最強の両親と、転生特典【丈夫な体】で、王立学院やキャンプでも無双継続中!?

著／蛙田アメコ　イラスト／ox
※制作中のイメージです
1巻1300円＋税(発売中)／2巻予価1350円＋税

コミカライズ進行中＆3巻刊行も決定！　応援よろしくお願いします！

けではない。

俺の強制回収もそうだが、商売や農業、狩猟に学問などに関するスキルだってある。

鑑定スキルを使えないから判明していないだけで、武器を手にした時に借りた者のスキルが全て使えるようになっているのであれば、非戦闘系のスキルだって使えるようになっているかもしれない。

だとすれば、冒険者だけでなく、全ての職業に就く者がお客さんになり得るかもしれないな。

まぁさすがに手を広げ過ぎで、この店がパンクしてしまいそうだが。

「待てよ。そうだ……どうして気付かなかったんだ！」

「リキ様？　どうされたのですか？」

「いや、ちょっと思い付いた事があってさ。とはいえ、あくまで可能性に過ぎないから、まだ何とも言えないんだが……この後、閉店時間になったら、もう一度冒険者ギルドへ行ってくるよ」

「わ、わかりました」

ソフィアが不思議そうに見てくるけど、絶対に成功するかもわからないので、まずは営業に集中し、店を閉めたら即冒険者ギルドへ。

夕方の混雑する時間帯だが、いつもの通り唯一空いているティナのところへ。

「あ、リキ様！　ギルドマスターですか？　少しお待ちくださ……」

「いや、今回はティナに用があるんだ。奥の部屋で話せないだろうか」

「わ、私ですか⁉　え、えっと、もう少しで勤務時間が終わるので、その後でしたら、ゆっくり時間が取れますが……ご、ご飯のお誘いですよね？」

「……あー、俺の言い方が悪かったのか？　とりあえず、ギルドマスターを呼んでくれ」

「えっ⁉　リキ様⁉　二人っきりで美味しいご飯が食べられるのでは⁉　玉の輿《こし》はっ⁉」

いや、何を言っているんだよ。

若干呆れながらギルドマスターを待ち、奥の部屋へ。

「すまない。ティナに二つ頼みたい事があるんだ」

「え？　ご飯に行くのと、結婚ですよね？　プライベートな話は上司の許可は不要ですよ？」

「ギルドマスター……新人にどういう教育をしているんだ？」

ティナがキョトンとしながら小首を傾げ、ギルドマスターが平謝りしてきたので、後でしっかり再教育してもらいたい。

「……こほん。今日のスキルが増える武器についてだ。これまで、可能性がある武器を持ち、どんなスキルが発動するか、うちの従業員が試行錯誤していたんだが、そもそも鑑定スキルで見てもらえば、判明するんじゃないかと思ってさ」

「なるほど。それでティナですね？　確かに受付嬢は鑑定スキルが使えますからね」

「そういう事だ。今から、いくつかスキルが増える可能性のある武器を持つから、その状態で鑑定スキルを使って欲しい」

　エミリーとソフィアによって、使えるスキルが判明している武器は、全てお客さんたちに貸し出してしまったが、一週間以上誰かが借りていたにもかかわらず、発動するスキルが不明という武器が沢山ある。

　なので、まずはその中の一つであるバトル・ナイフを空間収納から取り出した。

「ティナ。すまないが、鑑定スキルを使い、今俺が使えるスキルを教えてくれないか？」

「は、はい。では、いきます。鑑定」

　ティナが俺に触れながら、鑑定スキルを使用する。

　鑑定スキルは、術者にしか見えない枠が空中に表示され、そこに俺のスキルが表示されているそうだ。鑑定されている俺にも見えないので、読み上げてもらうしかない。

「えっと、リキ様が使えるスキルは、絶対回収スキルと、空間収納……凄いですね！　このスキルが使えるから、突然ナイフが現れたんですね」

「もしかして、その二つだけしか表示されないのか？」

「あ、すみません。あと、集中力向上スキルにポイズン・ブレードと、木工加工です」

　武器による一時的なスキルの増加は、鑑定スキルの対象外かと一瞬焦ったが、どうやらちゃんと見えたらしい。

　しかし、やはり鑑定スキルで見てもらって良かったな。バトル・ナイフを手にしていると、木工加工のスキルが使えるようになっている……なんて、絶対に気付けないだろう。

というわけで、ティナとギルドマスターに冒険者の安全に繋がると頼み込み、現時点で効果が判明していない武器を半分ほど鑑定してもらった。

「も、もう無理です。鑑定スキルの使い過ぎで、魔力が……このまま続けると、魔力枯渇を起こして倒れてしまいます」

「あ、すまない。鑑定スキルって、魔力を消費するのか」

「そうなんですよー。まぁ鑑定スキルを使うのは、後天的に何かスキルが増えているかも……って考えた希望者だけで、そうそう依頼されるものではないんです。だから、こんなに連続で使った事がなくて……でも、美味しいご飯を御馳走してくれたら、もっと頑張れるかもしれません」

……どっちだ？　ティナは食事で魔力を回復するスキルを持っているのか、それともただ夕食を奢《おご》らせたいだけなのか。

「リキ様。ティナはタダ飯を狙っているだけなので、無視してください」

「ちょっ、ギルドマスター!?　せっかくリキ様がちょっと考えてくれていたのに、何て事を言うんですかっ！　あと、高級ディナーだけでなく、あわよくば玉の輿に乗れないかなーとも思っています！」

ティナは俺の事を一体なんだと思っているのだろうか。

自分の年齢の半分にも達していない、十代半ばの女性に手を出すような男ではないのだが。

「悪いが、うちの店は玉の輿っていうような店ではないんだが」

「何を言っているんですか⁉　元Ｓ級冒険者ですよ？　その気になれば道場や私塾を開き放題ですし、更にスキルが増える武器があるんですよ⁉　こんなのうちみたいな田舎の小さなギルドだけでなく、王都にある本店だって放っておくわけがありません！　更に先程の空間収納スキルです！　そのスキルがある時点で、商人としては勝ち組確定ですからね⁉」

いや、戦闘スキルも持っていないのに道場なんて開く気はないし、そもそも俺は戦いが好きではない。

道場を開くくらいなら、武器の博物館でコレクションを展示する方がよっぽど……うん、これならアリだな。

「ギルドマスター。リキ様がまんざらでもないって顔をしています。私、寿退社ですね。今までお世話になりました。式にはお呼びしますので、元上司として乾杯の挨拶を……」

「ティナは一人で何を言っているんだっ⁉」

「えぇっ⁉　今、私と結婚してもいいって顔してましたよねっ⁉」

「いや、一切していないが？　そんな事より……」

「そ、そんな事っ⁉　乙女が玉の輿の為に頑張っているのに、そんな事って」

一人で盛り上がっていたティナが途端に落ち込み始めたけど、俺は一切間違っていないと思うんだが。

「時間も時間だし、さっき言いかけた、二つ目の頼みだ。すまないが、一週間このペンを使ってくれないか？」

「これは……もしかして、何か凄いペンですか⁉」

「え？　店から持ってきた、銅貨一枚で売っている普通のペンだが？」

「えぇー。まぁギルドで使っている十本で銅貨一枚のペンよりはマシですけど」

なるほど。そんな安いペンがあるのか。

俺もまだまだリサーチ不足だったな。

「値段はさておき、ギルドの仕事中、そのペンを貸すから、使い続けて欲しいんだ」

「まぁそれくらい構いませんけど……使い続けたら、美味しいご飯に連れていってくれます？」

「……いいだろう」

「ほ、本当ですかっ⁉　やったー！　わかりましたっ！　一週間このペンをお借りし、肌身離さず持ち続ける事をお約束いたします！」

「いや、普通に使ってくれればいいんだが、一応そのペンの意味も伝えておくと……」

ティナとギルドマスターに、ペンを貸す意図……ティナの鑑定スキルを使わせて欲しいのだと説明し、快諾してもらった。

ティナとしては大量の鑑定から解放されるのと、ギルドマスターはよりギルドの利益に……

もとい、冒険者の安全に繋がるので、構わないそうだ。

二人に礼を言い、一週間後にまた来る事を伝えて店に戻ると、ソフィアが夕食を準備して待っていてくれた。

「おかえりなさい、リキ様」

「ソフィア、ただいま。夕食をありがとう。早速いただくよ」

いつも通り、ソフィアの夕食をいただき、後片付けをしながら、ギルドでの出来事を話す。

「……というわけで、鑑定スキルを使ってもらって、発動スキルが不明だった武器の半分が判明したんだ」

「なるほど！　鑑定スキル……その手がありましたね」

「あぁ……って、ソフィア？　何か元気がなさそうだが……」

「そ、そんな事はありませんよ？　さ、さぁリキ様。お風呂の準備もできておりますので、どうぞお入りになってください」

ソフィアが強引に話を打ち切る。

理由はわからないが、触れない方がいいのだろう。

ひとまず風呂に入り、鑑定スキルの事については触れずにこれまで通り過ごし……一週間が経った。

「ソフィア、エミリー。すまないが、またギルドへ行ってくるよ」

「わ、わかりました」

昼休みで店を閉めたところで、出掛ける事を伝えると、ソフィアの表情が少し曇る。

ティナに依頼した一週間が経過したので、鑑定スキルが付与されているであろう、ペンを受け取りに行くだけなのだが、やはりソフィアは鑑定スキルに嫌な思いを抱いているみたいだな。

「リキさん、また何か呼び出されたんですか？」

「いや、ギルドマスターと約束があるんだ。すぐに戻るよ」

エミリーに軽く説明して冒険者ギルドへ行くと、ティナに声を掛け、いつもの如くギルドマスターの部屋へ。

「リキ様！　本日お越しいただいたのは、こちらのペンの件ですよね？」

「あぁ。俺の絶対回収スキルは武器以外でも効果があるから、ペンでも問題ないと思うんだけど……じゃあ、返してもらうよ」

「はい、どうぞ」

ティナから、ペンを受け取ると、いつもの声が聞こえてくる。

『貸与品を回収しました。貸与前の状態に戻します』

貸与前の状態に戻すとハッキリ言われているが、普段からスキルが増える現象だけは戻っていないので、きっとこのペンも大丈夫だろう。そう信じて、早速鑑定スキルを使用してみる。

「鑑定……あ、使えたみたいだ。ティナ、この半透明の青い枠に鑑定結果が表示される……でいいんだよな？」

「その通りです。鑑定スキルは、対象者に触れなければなりませんが、ご自身に使用されたのですか？」

「その通りなんだが……鑑定スキルしか増えてないな。武器じゃないから……か？」

「いえ、元々私が鑑定スキルしか授かっていないだけです。鑑定スキルの一点突破で、ギルド職員に就職しましたから」

　そんな事を自慢げに言われても、どういうリアクションを取ればよいのだろうか。

　ギルドマスターは頭を抱えているし。

「リキ様。それでは、目的としていた鑑定スキルが使えるようになった……という事でよろしいですよね？」

「もちろん！　ありがとう、ティナ。これで、他の武器も鑑定ができるよ」

　先程確認したゲームのステータス画面みたいな青い枠を閉じ、改めて礼を言うと、ティナが目を輝かせて見上げてくる。

「という事は、お約束いただいていた、美味しい夕食を御馳走していただけるんですよね！」

「約束だからな。何時頃なら都合がいいのだろうか」

「明後日なら、早番なので夕方は空いているんですが」

「わかった、明後日だな。承知した」

「やったー！　リキ様とお食事だー！　玉の輿だー！」

いや、食事の約束はしたが、玉の輿は知らないんだが。

ギルドマスターも呆れているし、念押しで否定しておこうと思ったところで、突然絶対回収スキルが発動した時の声が聞こえてきた。

『貸与品の著しい契約期間超過の為、強制回収します……成功しました』

一体、何が起こったんだ⁉

今まで、貸した物が返却された時に、ペンの時と同じく「貸与品を回収した」という声は聞こえてきていた。

だが、こんな言葉を聞くのは初めてなのと、俺の手に細剣――レイピアがなぜか収まっている。

「リキ様？　どうしていきなり武器を……ま、まさか失礼なティナの行動で、堪忍袋の緒が切れたという事でしょうか⁉」

「そ、そうなんですか⁉」

ギルドマスターとティナが不安そうに見つめてくるが、今はそれどころではない。

一体何が起こっているのかを確認しなければ。

「すまない。急用ができたんだ。一旦、戻るよ」

「えぇっ⁉　やっぱり怒って……」

「いや、そういう事ではないんだが、すまない。失礼する！　ティナ、ペンは本当にありがとう！」

レイピアとペンを空間収納に格納したら、急いで店へ。

二階でくつろいでいたエミリーとソフィアに降りてきてもらった。

「すまない。教えて欲しい事があるんだが、このレイピアという武器を借りていた者はわかるだろうか」

「あ、そのレイピアは、今朝返ってきたはずですよ？　……ほら」

エミリーが指を指した先には、確かに同じレイピアが置かれていた。

だったら、このレイピアは何なんだ？

「リキ様？　どうかされたのですか？」

「いや、実は……」

困惑する俺を見てソフィアが尋ねてきたので、事情を説明すると、エミリーが口を開く。

「もしかして……でも、そんな事をするのかな？」

「何か思いついた事があるのか？」

「うーん……リキさんが聞いたっていう声と、この状況を考えると、スキルが増えるレイピアを借りた後に、どこかで新品のレイピアを買ってきて、そっちを今朝返したんじゃないかなーって思って。スキルが増える武器を借りるんじゃなくて、盗む為に」

なるほど。うちの店は、貸し出す際に必ず冒険者証を確認している。

冒険者ギルドが発行している冒険者証の偽装は重罪で、そんな事をすれば騎士団から指名手配をくらうし、返却期限を過ぎても返さなければ当然ギルドに通報される。

だから、わざわざ同じ武器を用意して返した事にしたと。

「しかし別のレイピアを返却しても、スキルが発動しなければ、すぐにバレると思わないのだろうか」

「リキさんが冒険者ギルドで鑑定してもらっているとは、思っていなかったのではないでしょうか？　こっちのレイピアだって、またギルドへ持っていって、鑑定スキルで見てもらわないと、バレないでしょうし」

「なるほど。絶対回収スキルが勝手に発動して、レイピアが俺の手元に戻ってきたからすぐに発覚したけど、そうでなければ気付けないよな」

この推測が正しいと思うが、一応の確認という事で、今朝返却されたというレイピアをエミリーに持ってもらい、鑑定スキルを使っていいか聞いてみた。

「構いませんけど……リキさんは鑑定スキルが使えるんですか!?」

「いや、鑑定スキルを持つギルドの受付嬢に頼んで、このペンで鑑定スキルが使えるようにしたんだ」

「なるほど……これなら、毎回ギルドへ行かなくても、増えるスキルの確認ができますね」

「あぁ。ということで使うぞ？　鑑定……確かに、そのレイピアを持っても、何もスキルは増えていないな」

続けてギルドで俺の手元に現れたレイピアをエミリーに持ってもらい、鑑定スキルを使用する。

「こっちは、ちゃんとスキルが増えているな。えっと、パリイとソードダンスに捜索か」

「あれ？　レイピアって、パリイとソードダンスだけだった気が……」

「借りていた者……つまりは、盗もうとした者のスキルなのだろうな」

そう言って、武器毎のスキルリストを確認し、エミリーの言う通り捜索スキルが増えている事と、借りていた者の名前を帳簿から確認した。

「このレイピアが俺の手元にある以上、このウォルトという者も、盗もうとした事がバレていると気付いているだろう。逃がさない為にも、今すぐギルドへ行ってくるよ」

「リキさん。それなら私も行きます！　その人の対応をしていたのは私ですし、顔も何となく覚えていますから」

「わかった。ソフィア、すまないが留守番を頼む。店は午後から休みにしよう」

ソフィアが頷《うなず》くのを確認し、エミリーと冒険者ギルドへ。

すぐにギルドマスターを呼んでもらい、事情を話す。

「なるほど。そんな事をする者が……わかりました。調べたところ、ウォルトはダンジョンへ行っているようですので、戻ってきた所をこちらで拘束します」

「……ちょっと待った。ダンジョンへ行っている？　何人パーティだ？」

「そうですね。E級冒険者ですが、東にある森のダンジョンに一人で行っているようです」

「森のダンジョン⁉　あそこはD級相当だったのでは⁉　しかもソロだと⁉」

「その通りですが、スキルが増えたので行けると考えたのではないかと……あっ！」

俺の危惧した事について、ギルドマスターも気付いたようで、顔色が変わる。

等級の高いダンジョンへ行けば得られる素材が高額になり、収入が大きく増えるが、現れる魔物が強くなり、リスクが大きく増す。

増えたスキルを頼りに行ったものの、そのスキルと武器を失ったら、待つのは死だ。

「俺は森のダンジョンへ行ってくる！　エミリーは店で待っていてくれ」

「リキさん！　私も行きます！」

「いや、緊急を要するから俺一人の方がいい」

「その冒険者の顔、わかりますか？」

「……そうだった。すまない。エミリーは絶対に護るよ」

エミリーの申し出は正直助かる。店主でありながら情けない話ではあるのだが、店にお客さんが多過ぎるのと、今は古文書の調査を主にとしていて、最後の貸し借りの所しか対応しないから、あんまりお客さんの顔を……って、言い訳はどうでもいい！

エミリーはＤ級冒険者なので、用心深く進めばＤ級ダンジョンは難なく進めるだろう。だが、今は一刻を争う状況なので、エミリーにはかなり無理をさせてしまいそうだ。

「では、行ってくる」

「ダンジョンへ入る手続きは、こちらでやっておきます。申し訳ありませんが、よろしくお願いいたします」

相手はうちの店から武器を盗もうとした奴だが、それでも人が亡くなるかもしれないというのを、黙って見過ごせない。

エミリーを連れて、街から三十分程離れた大きな森の中へ。

ここは、十年以上前……俺がまだ王都へ行く前の駆け出しの頃に、カールと何度か来ている。奥まで行かなければ魔物は強くないのだが、とにかく道が複雑というか、枝分かれが凄い場所だ。

そのため上手くやれば、武器がなくても、逃げたり隠れたりする事はできると思う。

上手く生き延びてくれている事を信じて、ダンジョンの入り口へ。

「リキさん。どっちに行きます？」

「そうか。ここは入ってすぐに十字路だったな。正直、どっちへ向かえばいいのやら」

とりあえず、真っすぐ進んでみようかと思ったところで、エミリーから待ったが掛かる。

「リキさん。あのレイピアを使ってみてはどうですか？　確か、捜索スキルが使えるようになるんですよね？」

「なるほど。早速使ってみよう」

空間収納からレイピアを取り出し、早速捜索スキルを発動させると、何となく左側に進んだ方がいい気がしてきた。

ハッキリと何かが明示されるわけではないが、おそらくこれが捜索スキルの効果なのだろう。

「たぶん、こっちだと思う」

「行ってみましょう」

捜索スキルの効果と思われる、何となくこっちだと思う方向に走っていき、現れる魔物をレイピアで貫いていく。初めて使う武器ではあるが、D級ダンジョンに現れる程の魔物なので、後れを取る事はなさそうだ。

それから、どれ程走っただろうか。後をついてくるエミリーが苦しそうな表情を浮かべ始めたところで、捜索スキルが強い反応を示す。

「エミリー、ちょっと待ってくれ。たぶん、この辺りだ」

「呼んだら出てきてくれますかね？　……ウォルトさーん！　いたら返事してくださーい！」

エミリーが大きな声で名前を呼ぶと、何かが近寄ってきて……って、ワーカー・アントか。

大型犬くらいの大きさの蟻《あり》の魔物が集まってきたが、こいつは主に穴を掘って獲物を落とすという、罠《わな》を張るタイプの魔物だ。強くはないが、ウォルトが落ちていなければいいのだが。

「すみません。魔物が声に反応して集まってくるとは思わなくて」

「いや、所詮Ｄ級の魔物だ。気にしなくていいよ」

集まってきた魔物たちをレイピアで刺し、時には斬り捨てていると、斬り捨てた魔物の肉片が飛んだ先から、男性の悲鳴が聞こえた。

「ひゃぁっ！」

もしかして……ここに隠れていたのか⁉

「ここにいるのか？　もう大丈夫だ。周囲の魔物はあらかた倒したぞ」

「……だ、大丈夫ですか？」

「あぁ、もう何もいないから、出てくるんだ」

少し待っていると、茂みの中から枯れ葉や土を被った少年が出てきた。

「あ、あの……助けていただいて、ありがとうございます」

「リキさん、この人です。レイピアを貸した、ウォルトさんは」

「えっ……あっ！　あの貸し武器屋の店員さん⁉　ど、どうして⁉」

エミリーが指摘するが、逃げる体力がないのか、それとも観念しているのか、ウォルトがオロオロしている。

まったく……こんな少年が、どうして武器を盗もうとしたのやら。

「君は、うちの武器を盗もうとして、店のものとは違うレイピアを返却しただろ？」

「す、すみません……で、でも、どういうわけか借りていた武器が急に消えてしまって。その、弁償とかも……」

「端的に言うと、俺がそういうスキルを使ったんだ。約束の期間を過ぎても返さないと、どこにいようと、貸した物を強制的に回収する」

「そ、そんなスキルが……」

「まさかダンジョンの中にいるとは思っていなかったから、武器がなくなれば危険だと思って助けに来た。だが、次はないぞ」

「す、すみませんでした」

ウォルトが深々と頭を下げたので、これ以上は不問とし、ウォルトがうちの店に渡した、普通のレイピアを返す。

「え……いいのですか？」

「それがないと、冒険者として困るだろ？　上の等級のダンジョンに挑みたい気持ちはわからないでもないが、今の自分に合ったダンジョンで実力を付けた上で挑むべきだ。その際に、うちの店の武器で使えるスキルを増やして安全性を高めるのは悪くない。だが、最初から借り物のスキル頼りで挑むのは違うと思うぞ」

「はい……でも僕は何の取り柄もなくて、もう冒険者を三年もやっているのに、D級に上がれなくて。母が病気なので、少しでも稼がなければと思ってしまい……」

「だったら、尚更地道にやっていくべきだろう。今回みたいな事で、命を落としたら、どうするんだ。怪我は治癒魔法で治せるが、亡くなってしまったら魔法では治せないし、親御さんも悲しむだろ」

この世界は知らない魔法やスキルも数多くあると思うが、さすがに亡くなった者を蘇生《そせい》する魔法やスキルというのは聞いた事がない。

同様に、怪我は治せるのに、病気は魔法などで治せないのが不思議だが。

「とりあえず、帰るか」

「わ、わかりました」

そこからは俺を先頭に、ウォルト、エミリーの順で歩き、来た道を戻る。

ここまで走ってきたが、普通に歩いていれば、エミリーがＤ級の魔物に遅れを取る事はないだろう。ただ、このダンジョンは昆虫系の魔物が多いのだが、エミリーは虫が嫌いなのか、嫌そうな顔をしているが。

時折魔物が現れるので、一突きで倒していくと、おそるおそるといった感じで、ウォルトが声を掛けてくる。

「あの、貴方は貸し武器屋の店主さんですよね？」

「そうだが？」

「どうして、そんなに強いんですか？　同じ武器を使っているのに……やっぱり元々授かっているスキルの差はどうしようもないんでしょうか。僕はパリイ……回避スキルしか授かっていなくて、魔物を倒す事ができなくて」

ウォルトが何か諦めたかのような表情を浮かべている。

「何か勘違いしているようだが、さっきも言った通り、俺は貸し武器屋の店主……つまり商人だ。戦闘系のスキルは一つも持っていないからな？」

「えぇっ⁉　冗談……ですよね？」

「いや、事実だ。武器の扱い方、身体の動かし方、敵を前にした時の心構え……どれも訓練と経験で培った、自分の力だ」

「訓練と経験……」

「あと、俺が戦闘に関するスキルを持っていないのは事実だが、それ以外のスキルは使っている。要は自分のスキルをどう活かすか、もしくはスキルを活かしてどう成長していくか……ではないだろうか」

俺の場合は、戦闘スキルがない代わりに、空間収納に食料品や寝袋などを詰め込んで、ダンジョンに籠って魔物を倒しまくる……なんて、割と無茶な事もしていた。まぁこれも絶対回収スキルを使って、武器や消耗品を気にしなくてもいいからできた事かもしれないが。

「それと、もう一つ言わせてもらうと、君はパリイだけでなく捜索スキルも持っている。後者を知らなかったのは、後天的に授かったスキルなのだろう。つまり、密偵やトレジャーハンターなんかに向いている行動や努力を、これまで重ねてきたのではないだろうか」

「僕に捜索スキル……ですか？　もしかして、まだ戦闘ができないＦ級冒険者の頃に、何度も薬草を探したり、逃げたペットを探したりしていたからでしょうか」

「捜索スキルが使えるようになった理由までは俺にもわからないけど、何の取り柄もない……なんて事はないから、その何かを探す才能を活かして、真面目にやってみたらどうだ？」

「わかりました……あの、本当にすみませんでした！　街に戻ったら、騎士団に出頭して、一から出直そうと思います」

そう言って、ウォルトがまたもや頭を下げるが、先程までと違って目に光が宿っていた。

これならもう大丈夫ではないだろうか。初犯だとしたら、そこまで厳しい処分はくだらないだろうし。

「ですが、一つだけ……貴方の貸した武器を回収するスキルの話は、お店に明示した方がよいかと思います」

「ん？　それは、同じような事をする奴が現れるかもしれない……という事か？」

「はい。というより、そもそも今回の件は僕が自分で考えたわけではないんです」

「えっ!?　どういう事だ!?」

ようやくダンジョンの出口まで戻ってきたので、これで一件落着だと思っていたのだが、ウォルトから聞き捨てならない言葉が出てきた。

「スキルが増える武器が借りられる……ギルドからそう案内があった後、ダグラスという冒険者が僕を含めた低級冒険者に声を掛けているんです。こうすれば、あの店からスキルが増える武器を奪う事ができるって」

「そんな事が……」

「えぇ。今はどこにいるか知りませんが、同じような事が起こるかもしれません」

「わかった。では店に戻ったら、注意書きをしておくよ」

「はい。僕も、街に戻り次第騎士団へ行きます。ありがとうございました」

街へ到着すると、ウォルトは宣言通り自分の足で騎士団の詰め所へ入っていった。

「リキさん。ダグラスって人は、知っている人なのですか？」

「ちょっとね。あの店を開店して暫くした頃かな。うちの店の悪評を食事処で吹聴していたから注意したんだけど、恥をかかされたとか言って、斬りかかってきたんだ」

「えぇっ⁉　その人、メチャクチャじゃないですか」

「あぁ。当然ダグラスは騎士団に捕まったんだけど、それで俺を恨んでいるのかもしれないな」

「それ、完全に逆恨みだと思うんですが」

エミリーが呆れているが、俺だってそう思う。しかし、あの食事処で会った時もそうだが、あいつは話が通じるタイプではなかったんだよな。

今回のこれは、ダグラスの前で修復スキルが使えるフリをしたのが仇《あだ》になってしまったようだ。

最初から貸した物を回収できるスキルがあると言っておけば、こうはならなかったかもしれない。

「そうかもしれないが、何をしでかすかわからないし、エミリーも気を付けて欲しい。何かあれば、絶対に店よりも自分の安全を優先してくれ」

それから店に帰り、ソフィアにも同じ話をして、ウォルトが忠告してくれた注意書きを書いてもらう。

それに加えて、冒険者ギルドへ行き、ダグラスがやらかしている事の報告と、低級冒険者に注意喚起を促すように依頼しておいたのだが……。

「ダグラスという方は、騎士団に捕まった後、一度も当ギルドへ来ていませんね」

ギルドマスターがティナから受け取った資料を見て、意外な事を言う。

「それは……冒険者を引退したという事か？」

「それならちゃんと届け出をしてもらう必要があるんですが……おそらく、拠点を別の街や村へ移したのではないでしょうか。騎士団などに捕まった方は、出直しというか、そうされる方が大半ですね」

「そうか……」

ダグラスはどうでもいいが、ウォルトが気になるな。

親が病気だと言っていたのに、拠点を移すとなると、本人にも親にも負担になりそうだ。

とはいえ、今更どうしようもないと思いながら日常に戻る。

店で古文書の調査を行い、エミリーやソフィアに声を掛けられて、貸し出しの契約を行い、また古文書を調べるという、いつもの活動を数日間行っていると、一人の少年が入ってきた。

「店主さん！」

「ウォルト！　騎士団は……」

「先日は、申し訳ありませんでした！　数日勤労奉仕をして釈放されまして……これからは、ご指導いただいた通り、自分のスキルを活かした活動をしようと思い、ご挨拶に来ました」

「それは……この町を出るという事か？」

「いえ、病気の母がいますので、あくまで拠点はこの町です。ですが、今までダンジョンで魔物を倒す依頼ばかり請けようとしていたんですが、希少な薬草を探して見つけ出す、薬草ハンターとして活動しようと思いまして」

聞けば、ウォルトには妹がいるらしく、薬草を探す為に遠出しても、ある程度は大丈夫なのだとか。

「店主さんのおかげで、冒険者として魔物を倒すだけが全てではないとわかりましたし、母の病気に効く薬草を自分で見つければ、薬師に安く薬を作ってもらえるという事もわかりました。必要な薬草が何かわかれば、捜索スキルで探す事もできますので」

「そうか。俺の方も、君の忠告通りに注意書きを書いたおかげで、幸い同じ事は起こっていないよ」

「良かったです。ところで、あんな事をしでかしてしまいましたが、また武器が必要になったら、借りに来てもいいでしょうか」

「あぁ、もちろんだ。俺がこの店を始めた理由の一つに、後進の……冒険者の育成もあるからな」

「ありがとうございます！　母の病気が治ったら、また来ますので、その時は是非よろしくお願いします！」

深々と頭を下げたウォルトは、薬草を探しに行くと言って、店を出ていった。

良かった……ウォルトの事は少し引っかかっていたが、ちゃんと新たな一歩を踏み出せたようだ。

「リキさん、良かったですね」

「あぁ、そうだな」

「あの、お二人共……私にも、もう少し詳しく教えていただけないでしょうか。二人だけ笑顔ですが……先程の方は、どういうお客さんなんですか？」

あー、ソフィアにダグラスの話はしたが、ウォルトの話はしていなかったな。

とはいえ、もう済んだ話なので、あまり掘り返してあげたくない。

というわけで、俺とエミリーの秘密だという事にしたら、暫くソフィアの機嫌が悪く、エミリーがご機嫌だった。

……いや、やっぱり女性は難しいよ。

第四章　元Ｓ級冒険者のオッサン、活用する

「そ、ソフィア！　ソフィアっ！」

いつものように、店で古文書を調べ、店を閉めた後はソフィアの食事をいただき、風呂に入って、就寝ギリギリまでまた古文書を調べる。

ここ暫くは、ずっとこんな生活だったのだが、ようやく終止符が打たれそうだ。

「リキ様？　怖い夢でも見たのですか？」

「いや、どうして子供扱い……あ、もう休んでいたのか。すまない」

興奮のあまり、大声でソフィアを呼んでしまったが、俺の部屋に来たソフィアはパジャマ姿で、既に眠そうな顔をしていた。

「こほん。ソフィア……ついに、聖女の杖の在り処がわかったんだ」

「えっ⁉　いつも眺めておられた、古文書の調査が終わったんですか⁉」

「あぁ。聖女の杖の正式名称は、ニルヴァーナの杖というらしい」

「ニルヴァーナの杖？　あの、聞いた事もありませんが……」

「俺も初めて聞いた名前だが、おそらく間違いないだろう」

王都の図書館が保管している古文書は、これまでの経験からすると、九割くらいの割合で、

真実が書かれている。

古代語を読める者が少ないのか、読めてもその場所へ行ってみようとは思わないのか、古文書に書かれた場所に行くと、本当に神器が祀《まつ》られていた。

現に俺は、妖精が人間の戦士に授けたと言われる槍に、勇者が使っていた聖剣、ドラゴンの炎すら斬る事ができる剣などを入手している。

……同じく古文書に書かれた情報を基に入手した、魔剣や呪われた武器なんかもあるけど、これはあくまでコレクションとして空間収納に格納していて、店には一切出していないが。

「聖女の杖と呼ばれている、本当の名前がわかったから、今まで使えなかった捜索スキルで探せそうなんだ。というのも、今まで聖女の杖を捜索スキルで探そうとしても何も反応がなかったのだが、ニルヴァーナの杖を対象にすると、何となく方角がわかるんだよ」

「えっ⁉　捜索スキルって、そんなに凄いスキルなんですか⁉」

「そうみたいだ。ただ、さっき言った通りで、通称では発動せず、正式名でないとダメなようだが。あと、古文書に書かれた場所が、それ程遠くないというのも一因かもしれない」

「それ程遠くないというと……」

「半日もあれば着く場所だ。次の休みに、早速行ってみよう」

「……わ、わかりました」

あれ？　やっとベルタから依頼された無茶振りを解決できそうなのだが、ソフィアがあまり喜んでいない。それどころか、少し悲しそうな表情を浮かべている。

あ……しまった。寝ていたソフィアを起こしてしまったんだった。

「すまないな。それだけ伝えたかったんだ」

「わ、わかりました。リキ様、ありがとうございます。おやすみなさい」

「あぁ、おやすみ」

ソフィアが早々と部屋に戻っていく。

うん。やっぱり眠かったんだな。


「いらっしゃいませ！」

「いらっしゃいませー……って、リキさん。古文書の調べ物はしなくてもよいのですか？　お店なら私とソフィアちゃんで頑張りますよ？」

「いや、調べ物は一応終わったんだ。これからは俺も接客をしっかりやろうと思っているのと、武器の仕入れもしていこうと思うんだ」

翌朝。今まではカウンターの前にはあまり立たず、奥で古文書を読んでばかりだったけど、前に出てお客さんと向き合う事に。

ウォルトの時も、エミリーは顔がわかっているのに、店主の俺がわからないなんて、情けない事態になってしまったからな。しっかりお客さんの顔を見ていこう。

「リキ様。先程仰っていた、武器の仕入れとは？」

「ソフィア、よく聞いてくれた！　今、この店で扱っている武器って、俺が冒険者時代に集めた武器ばかりで、それ以降に新しく増えた武器が一つもないんだ。貸し武器屋として、新商品がないというのはどうかと思うんだよ。あ、もちろん俺の趣味とかそういう事ではなくて、店主としてお店の為に……」

「あの、リキさん。武器がお好きなのはわかるんですが、ソフィアちゃんが困っていますから」

武器の話になって、つい熱弁を振るってしまい、エミリーに止められてしまった。

このクセも治さないとな。

とはいえ、武器を仕入れようと思っているのは本当で、聖女の杖を手に入れた後は、一度王都へ行こうと思う。

冒険者時代によく利用していた武器屋があるから、新しい武器が入荷していないか見に行きたいんだよね。

「えっと、リキ様。どういった商品を仕入れられるのですか？」

「そこなんだよ。個人的にはオーソドックスな剣をもっと増やしたいと思っているんだけど、元々うちの店では剣の種類が一番多いんだよね。というのも、俺が剣をメインに使っていたからなんだけど、その一方で俺が使えない杖が少ないのと、実は一番少ないのが弓なんだ。これは、俺が冒険者時代にパーティを組んでいた相棒が、弓使いだったからで……」

「リキさん……」

ソフィアが質問してくれたから答えたんだけど、エミリーにジト目を向けられてしまった。

でも、今回はソフィアが興味を持ってくれたはずなんだから、大目に見て欲しい。というのも、ちらっとソフィアに目をやると、まだ何か聞きたそうにしてくれている。

ほら、ソフィアも武器に興味があるんだよ。

……まぁソフィアは杖しか使わないから、どんな杖を入荷するのかが気になっているのだと思うけど。

そんな事を考えていると、ソフィアが恐る恐る口を開く。

「あ、あの……リキさんの相棒って、どんな方ですか？」

「え？　カールの事？　俺の幼馴染みで、弓を扱うスキルを持ったオッサンだよ。俺はこの店を開いて冒険者を引退したけど、あいつは今も現役として頑張っているよ」

「男性の方なんですね。よかっ……こほん。何でもありません」

ソフィアが何か言っていたが、お客さんから斧に関する質問が来て、対応しているうちに他のお客さんも増えてきて……ソフィアの話が中途半端に終わってしまった。

昼休みになったので、カールについてちゃんと説明しようと思ったのだが……。

「あ、もう大丈夫ですよ」

なぜかソフィアの興味が一切なくなっているのだが。

さっきは、凄く聞きたそうだったのに。

「それより、杖以外に魔法の媒体となるものって、リキ様は扱われないのでしょうか。例えば、その……指輪とか」

「えっ⁉　リキさん、指輪も扱うんですか⁉　それなら私が見繕いましょうか？」

「いえ、装飾品としての指輪ではなく、あくまで魔法を発動させる杖のようなものです。ですから、私がリキ様と一緒に参ります」

やはり、女性は指輪などの装飾品が好きなんだろうな。さっき武器を仕入れると言った時とは、反応が全く違う。

杖よりも指輪の方が小さいため、同じ値段の武器なら杖の方が性能は高いのだが、女性には杖すら重いという話も聞くし、仕入れる価値はありそうだな。

「ソフィアが言ってくれた通り魔法の指輪はよさそうだな。店に一つもないし、次の休みは用事があるから、その次にでも仕入れに……」

「リキ様！　そんなに先延ばしにしてしまっては、お客さんを逃してしまいます！　明日のお昼休み……いえ、もう今日の午後に行きましょう！」

「そうですね！　ソフィアちゃんの言う通りです。善は急げと言いますし、早い方がいいと思います！」

ソフィアとエミリーが二人揃って迫ってくるけど、そんなに需要があるという事なのだろうか。

　まぁでも杖や弓は少なくても一応置いてあるけど、一つもない指輪が最優先というのは、その通りなのかもしれないな。

　お客さんを逃していると言われれば間違いないので、仕入れに行くか。

「わかった。じゃあ、今日の午後にしようか。午後が忙しくなるのは夕方だしな」

「はいっ！　リキさん！　宝石ギルドに綺麗な指輪が沢山あるんです！　早速行きましょう！」

「いや、装飾品の指輪ではなく、魔法の媒体となる指輪を仕入れに行くんだが」

　普通の指輪だと、意味がないとは言わないが、魔石と呼ばれる魔力を蓄積する性質を持つ石を使った指輪とは、性能面で比べるまでもない。

　もちろん、綺麗で見た目が良いのは宝石を使った指輪だと思うが、エミリーは何か勘違いしているのか、婚約とかで贈りそうな指輪の話をしてきた。

「リキ様。魔法ギルドへ行けば、杖も指輪も売っていると思います」

「なるほど。確かに、両方仕入れられるな。じゃあ、早速行ってみようか」

「はいっ！　ご一緒させていただきますっ！」

　武器のレンタル屋としては宝飾品には商品価値がないので、ソフィアが提案した店に向かうことにした。

「ま、待って！　私も行きますー！」

エミリーが置いていかれると思ったようで、慌てて俺の手を取ったけど、最初から三人で行くつもりで、置いていく事なんて考えていないのだが。

だが、それを説明してもエミリーは手を離してくれず……その上、なぜか反対の手をソフィアが握ってくる。

「ソフィア？」

「……エミリーさんだけズルいです……」

ソフィアがボソっと何か言って、顔を反らしてしまい……結局、そのまま魔法ギルドへ到着した。

「いらっしゃいませ……えっと、ここは魔法を学び、自己の力を高める場所でして、優柔不断に効く魔法などはありませんが」

魔法ギルドの建物に入ると、受付の女性がいきなり意味不明な事を言い出した。

「えーっと、何の事かはわからないが、魔法の媒体となる杖や指輪が欲しいのだが」

「失礼いたしました！　物販ですね。そちらの右の部屋へお進みください」

一体何だったのか、ひとまず言われた通りに進むと、如何にも魔法使い……と言った感じの女性が入り口に立ち、中にはショーケースに入った杖や指輪が並んでいた。

部屋にこの女性しかいないし、質問してもいいよな？

「この杖は……もしかして、柊《ひいらぎ》の杖ですか？」

「よくご存じですね。その通りです。当ギルドで扱っている杖の中では、最高級の物となります」

「こっちの杖は、紫檀《したん》……？」

「その通りです！　……失礼ながら、魔法を使われるようには見えないのですが、もしかしてかなり魔法に詳しいのでしょうか？」

「あ、魔法は全くわかりませんし、使えません。ただ武器というか、杖にそれなりの知識があるだけなんです」

杖は自分で使わないけど、武器に分類されるのでいろいろ調べた事があるからね。

ただ、どちらかというと魔法の杖としてではなく、棒として見ているけど。

「そちらの女性がお持ちなのは、ウイング・スタッフですよね？　可愛らしくて、女性に人気なんですよね」

店員？の女性の目がソフィアの杖に向く。

冒険者の中には、当然魔法を使う者もいて、杖を手にしたお客さんもよく来るのだが、女性の言う通り、見た目が可愛らしいからか、この杖は一度も借りられた事がなかったりする。

もちろん、ソフィアが借りずに店に並べている事も結構あったのだが、男性客が多いだけに、誰も手に取らないし、杖一本分の場所を取り続けるし……という事で、今では殆どソフィア専用の杖となってしまっていた。

　まぁ可愛らしいし、俺の中でソフィアのトレードマーク的な感じだから、このままソフィアが使ってくれればと思う。

「あの、本日はどのようなお品をお探しでしょうか」

「魔法の杖の代わりとなる、指輪を購入したいと思っていまして」

「なるほど。軽いので女性に人気ですし、いざという時……例えば、魔物に杖が壊されてしまっても魔法が使えますから、男性でも買われる方がおられますね」

　そう言って、女性が指輪の収められた箱をケースから出してくれた。

「わぁ、綺麗！」

「このピンクの……可愛い」

「凄いな。俺のイメージしていた指輪と全然違うんだな」

　出された指輪は、花びらの形を模していたり、男性向けなのか、小さな魔石が内側に沢山埋め込まれていて、結婚指輪のようにシンプルな見た目になっていたりしていた。

　そして、色とりどりの指輪を前に、エミリーもソフィアも目を輝かせている。

「一昔前は魔石の加工技術が未熟で、大きな魔石がゴテゴテしていたんですけど、今の魔法の指輪は全てこのような形状ですね」

「リキさん。どれにします？」

「いや、俺にはどれも良く見えるから、エミリーとソフィアに決めてもらいたいかな」

「わかりました っ！　任せてくださいっ！」

エミリーが顔を輝かせながら、ひょいひょい指輪を選んでいく。

いやあの、予算……まぁお店が当初の想定以上に、かなり儲かっているからいいか。

かかる費用も人件費だけだし。

いつの間にか、十個程指輪を選んでいるエミリーを他所に、ソフィアが指輪を見つめて動かない。

「ソフィア。何か気になるものでもあったのか？」

「……リキ様。一つだけお願いがあるのですが、よろしいでしょうか」

「内容にもよるけど、俺にできる事なら」

「あの……この中で、どれか一つ私にプレゼントしていただけませんか？」

「あぁ、そういう事か。いいよ。好きなのを選んでよ」

やっぱり女性は指輪などのアクセサリーが好きなのだろう。

ソフィアだけにプレゼントするのもどうかと思うので、エミリーにも好きなのを一つ選んでいいと言っておこうか。

「エミリーも、いつも頑張ってくれているし、好きなのをプレゼントするから、好きなのを選んでいいよ」

「えぇぇっ！　いいんですかっ！　こっちもいいし、そっちも……迷うぅぅぅっ！」

エミリーは、出してもらった指輪以外も見てみたいと、別のケースに向かうが、ソフィアは先程の箱から動かない。もう欲しい物が決まっているのか？

「ソフィアはどれが欲しいんだ？」

「リキ様に選んでいただけないでしょうか」

「えっ、俺⁉　すまない。正直、そういう事には疎くて、ソフィアが気に入った物を選んだ方がいいと思うんだけど」

「リキ様に選んでいただきたいのです」

珍しく、ソフィアが折れずにジッと俺を見つめてくる。

出会ったばかりの時は、いろいろと遠慮がちだったり、自信がなさそうにしていたりしていた事もあったけど、最近は結構主張してくるようになったな。

今も頑として譲りませんよという目で訴えてきているので、俺が選ぶ事にしたのだが……ソフィアが好きそうなのは、どれなのだろうか。いや、ソフィアに似合いそうなのを選んだ方がいいのか？

いろいろ考えた結果、どちらもわからないので、俺がソフィアに贈りたいと思ったものを直感で選ぶ事にした。

「よし。じゃあ、これを」

「リキ様、ありがとうございますっ！」

悩みに悩んだ結果、内側に魔石が埋め込まれたシンプルなデザインのものにした。

ソフィアは料理や洗い物を毎日してくれているし、そういう作業の邪魔にならない物がいいだろうと考えた結果だ。

ソフィアは俺が選んだ指輪を指に嵌《は》め、無言のままジッと見つめている。

いや、気に入ってくれたのは何よりだけど、それはまだ会計が済んでいないからね？

「リキさ……」

そんな様子を怪訝《けげん》に思ったのか、何か言いかけたエミリーが、ソフィアを見て顔を反らす。

「エミリー？　何か言いかけなかったか？」

「あ……そ、その、少しだけ気持ちを整理する時間をください」

何だ？　そんなに沢山指輪を選んだのだろうか。

いや、店に並べる分にはある程度買ってもいいけど、プレゼント用の指輪は一つにしような？

エミリーは暫く俯《うつむ》いていたけど、何か考えが纏まったようで顔を上げ……何か様子が変じゃないか？

「エミリーは決まったのか？」

「え？　あ、はい。わ、私はこの指輪……じゃなくて、やっぱり別の指輪でもいいですかっ⁉」

「好きなのを選んでいいけど……？」

顔をあげたエミリーは、何かふっ切れたような様子で、いつも以上に笑顔で話し掛けてくる。

「ふふっ、リキさんも万が一の時に備えて、一つ指輪を身につけておいてはどうでしょうか。例えばこちらとか」

「……ソフィアに選んだ指輪と似ているな」

「当然です。ペアリングですから」

「ペア……い、いやいや」

「私はお似合いだと思いますよー！　じゃあ、私も指輪を決めちゃいますねー！」

暫くしてエミリーも決まったらしく、小さな魔石が五つ並んだデザインの指輪を持ってきた。

それから杖も何本か二人に選んでもらい、店に並べる事に。

休みの日まで様子を見てみたのだが……そもそもうちの店に女性客が少ないので、指輪は一つしか借りられなかった。

いや、いいんだ。コレクションが増えたわけだし。く、悔しくなんてないんだ。

「リキ様。お弁当の準備が整いました」

「すまないな。朝早くから昼食の準備をしてもらって」

「いえ。お弁当を作ったのは初めてでしたが、楽しかったです」

「そう言ってもらえるなら、助かるよ。じゃあ……行こうか」

予めソフィアに言っていた休みの日を迎えたので、聖女の杖があると思われる地……聖女の故郷と呼ばれる、「ルッカ村」へ行く。

ちなみに、魔王を封じる旅の途中で聖女がちょっと立ち寄った街や、聖女が直接来た事はないが、間接的に助けてもらった事がある街や村が、勝手に聖女の縁の地だと主張し、聖女の故郷だと名乗っていたりする。

ただ今回行くルッカ村は、聖女が生まれた地だと古文書に書かれている村なので、おそらく本当に故郷なのだろう。

ソフィアの用意してくれたお弁当を空間収納スキルに格納し、乗り合い馬車の停留所へ。

「ルッカ村まで二人分頼む」

「ルッカ村⁉　ここも大概田舎だけど、そんな辺境へ行くのかい⁉　直接行く馬車はないから、手前の街まで行って、そこからは歩くしかないねぇ」

「わかった。では、ルッカ村に一番近い街まで頼む」

馬車のチケットを買い、カタカタと馬車に揺られていると、王都からシアネへ行った時も、こうして馬車に揺られていた事を思い出す。

あの時は、念願の店を開くというワクワクとドキドキを抱きながら一人で緊張していたけど、今回はソフィアが隣に座っていて……もの凄く話し掛けてくる。

「……で、ですね。私としては、ナスと挽肉《ひきにく》は合わないと思うんです」

「いやいや、俺の世……故郷にはナスと挽肉を使ったピリ辛料理があって、物凄く美味しいんだ。ただ、俺に料理の腕がないから作れないけどさ」

最初は聖女様の話から始まって、聖女繋がりでもしも魔王が復活したら怖いよね……とか、スタンピードが発生しているのは魔王のせいだと、新聞に書いてあったとか、割と真面目な話をしていた。

それなのに気付いたら麻婆茄子《マーボーナス》の話になっているのは、この馬車に乗っていた三時間程の間に一体どういう変遷があったのだろうか。

個人的には麻婆茄子より麻婆豆腐の方が好きなんだけど、豆腐の作り方がわからないので、尚更どうしようもない。

「お客さん。着いたよ」

「ん……もう着いたのか。ありがとう」

「目的地だと言っていたルッカ村は、そっちの道を真っ直ぐ進めば着くよ。ただ、道はかなり細いけどな」

乗り合い馬車の御者さんに礼を言い、そのままルッカ村へ向かおうと思ったのだが、ルッカ村へ行くには森を抜ける必要があるそうだ。

しかし陽が高くて森の中も明るいからか、魔物に遭遇することもなく、木々の緑に囲まれて澄んだ気持ちいい空気を満喫しながら、二人で歩みを進める。

途中でいい感じの切り株があったので、ソフィアの作ってくれたお弁当を食べ、一時間程歩いたところで村に到着した。

「ここが……聖女様の生まれ故郷の村なんですね」

「あぁ。古文書によると、そのはずだ。先程馬車を降りた時から捜索スキルを使用しているんだが、聖女の杖の反応がどんどん大きくなっているから、間違いないだろう。こっちだ」

ルッカの村に入ると、捜索スキルの効果により、西へ行くべきだという思いに駆られる。

森の奥深くを切り開いて作られたかのような、ひっそりとした静かな村の景色を眺め、ぼーっとしているソフィアの手を取って歩いていくと、村に住んでいると思われるお婆さんが畑仕事をしていた。

聖女の故郷で間違いないとは思うが、一応聞いておこうか。

「すみません。ここが聖女様の故郷という事で来たのですが、合っていますか？」

「おぉ、珍しい。その通りじゃが、どこでその話を？」

「え？　古文書に書いてありましたけど」

「古文書！　ほぉ、古代語を勉強されているのか。なるほどなるほど」

なんだろう。お婆さんが一人で頷いているけど、とりあえず聖女の故郷という事でいいのだろうか。まぁいずれにせよ、捜索スキルの反応に従って進むだけなんだけどさ。

「あぁ、すまないね。この村は、その通り聖女様の生まれ故郷にして、終焉《しゅうえん》の地だよ」

「終焉の地？　……あっ！　もしかして、聖女様が亡くなられた場所でもあるのですか？」

「おっと、そっちは知らなかったのかい。口が滑ってしまったね。できれば口外しないでもらえるかい？　聖女様の遺言なんだよ。この村が騒がしくならないように、最期の地として選んだ事を広めないで欲しいってね」

「聖女様の……そういう事でしたか。わかりました。聖女様のお墓をお参りしたら、我々は引き上げます」

聖女様は、古文書からも慎ましい方だというのが読み取れた。おそらく、このお婆さんの言う聖女様の遺言というのは本当なのだろう。

そしてこの村も、世界を救った聖女様の遺言を守り、他の街や村とは違って、聖女様の故郷という触れ込みはしていないという事か。

ここまで話したのだからと、聖女様の墓がどこにあるのかも教えてくれたので、礼を言って向かう事にした。

「聖女様は、生まれ故郷に戻ってきて、最期を迎えられたんですね」

「そうみたいだな。ひとまず俺たちも、この村の事は外で話さないようにしようか」

少し歩くと、お婆さんに教えてもらった目印となる、銅像を見つけた。

お婆さん曰《いわ》く、大昔に聖女様が村へ戻ってこられた時に、等身大の像を作ったらしい。

銅像の聖女様の見た目は……二十代半ばと言った所だろうか。

銅像を作った職人が気を使って少し若く作ったのか、それとも技術的な問題で若い容姿でしか作る事ができなかったのかはわからないが、村へ戻ってすぐに亡くなったというわけではない気がする。

実際、ここにソフィアという聖女様の子孫がいるし、この村で旦那さんや子供と幸せに暮らして亡くなった……そう思いたいな。

「リキ様。もしかして、この銅像の聖女様が手にしている杖が、聖女の杖なのでしょうか」

「そうかもしれないな。しかし派手ではないが、ちょっと凝ったデザインだな」

銅像が手にしている杖は、一メートルくらいの真っすぐな杖で、先端に鳥と王冠を組み合わせたようなデザインが施されている。

今ソフィアが手にしているウイング・スタッフも翼を模しているが、王冠が組み合わされているからか、少しだけ豪華な気がしなくもない。

「あれ？　お兄さんたち、村の外から来たのー？」

いつもの、所持していない武器を前にした時の癖で、つい銅像が手に持つ杖を細部まで見ていると、十代前半くらいの……小学生くらいの女の子が話し掛けてきた。

「あぁ。ここに聖女様のお墓があるって聞いてね。だけど、杖の細工が凄くて、つい見入っちゃったんだ」

「ふっふーん。お兄さん。なかなかわかってる人だねー！　クレアのご先祖様も喜ぶよー！」

「えっ⁉　聖女様の子孫なの⁉」

「あ、違う違う。この銅像を作ったのが、クレアのご先祖様なの！　細かいところまで本物と同じ像を作る事で有名だったんだってー！」

あ、そっちか。クレアという女の子は、銅像を作った人の子孫なのか。とはいえ、聖女様が魔王を封印したのは大昔だし、この村に聖女の子孫がいてもおかしくないけどな。

「細かいところまで本物と同じ……という事は、もしかしてこの聖女様が持っている杖は、木でできていたの？」

「そうそう。お兄さん、鋭いねー。その通りで、村に……そこに生えているローズウッドっていう木で作られていたんだってー。けど、よくわかったねー」

「いや、この銅像を作った、クレアのご先祖様が杖の木目まで再現しているからだよ。凄い腕なんだね」

クレアが、ご先祖様を褒められ、嬉しそうにしている。

しかし、穴が開く程に銅像の杖を見ていたから木でできているって気付けたけど、さすがに木の種類は教えてもらわないとわからなかったな。

「お兄さん。もしも興味があったら、一番近くの街に勇者様の像があるから、それも見てー！

そっちもクレアのご先祖様が作ったんだってー！」

「へぇー、それは是非とも見てみたいな。ありがとう、帰りに見ていくよ」

「えへへー！　じゃあねー！」

クレアがご機嫌で去っていったので、そろそろ俺たちも本題の聖女様のお墓へ向かう事にした。

遅くなった原因は俺なんだけど……さっき教えてもらった勇者の像は、是非見ていきたい。

勇者が持っていた武器も気になるからな。というのも、俺の持っている聖剣は一本だけで、古文書によるともう一本聖剣が存在するはずだ。

「リキ様。こちらが聖女様のお墓みたいですね」

もう一本の聖剣について考えていたら、いつの間にか目的地に着いていて、ソフィアから声を掛けられた。

意識を聖剣から聖女の杖に戻さないと。

改めて捜索スキルを使用すると、すぐ目の前にある大きな石碑……の真下を示す。

「ん？　捜索スキルが地面の下を示しているぞ？」

「地面の下……って、リキ様。まさか……」

「……おそらく、そのまさかだろうな。聖女の杖は、聖女様の遺体と共に墓の中にあると思う」

俺の言葉で、ソフィアが何とも言えない微妙な表情を浮かべる。

困った様子なのだが、少し嬉しそうにも見えて……ようやく聖女の杖が見つかったというのに、ぬか喜びになってしまったから、感情のやり場に困惑しているという事なのだろうか。

しかし、ソフィアの表情からも窺える通り、いくら聖女の杖を手に入れる為とはいっても、世界を救った聖女様……それも、ソフィアのご先祖様の墓を暴くというのは、さすがにどうかと思う。

そう思っていた矢先、案の定ソフィアが口を開く。

「リキ様。誠に申し訳ないのですが、私としてはご先祖様のお墓を荒らすというのは……」

「いや、それは俺も同じ考えだ。亡くなった方の墓を暴く行為は、到底許される事ではないと思う。ベルタさんには申し訳ないが、諦めてもらうか、別の方法……」

「リキ様！　ベルタ様の性格上、諦めるというのはダメだと思います。時間を掛けてでも、別の方法で探すべきかと」

「そ、そうか。ソフィアがそう言うのであれば、間違いないのだろうな」

とはいえ、どうしたものだろうか。

今まで調べた古文書には、聖女様が持っていた杖の事ばかり書かれていた。

その上、捜索スキルを使って聖女の杖――ニルヴァーナの杖を探すと、このお墓の中にある杖が反応してしまい、別の杖の場所はわからない。

それどころか、そもそもニルヴァーナの杖が複数存在しているかどうかもわからない。

「リキ様、いかがいたしましょうか」

「とりあえず、一旦店に帰ろうか。聖女様がどこで、どうやって杖を入手したのかを古文書で調べてみる事にするよ。また調べるところからだから、暫く時間が掛かってしまうかもしれないが」

「はいっ！　わかりましたっ！」

これから何をするか明確にしたからか、ソフィアの顔が輝きだす。

とはいえ、現状は全く手掛かりがないので、また図書館へ……いや、シアネの町の図書館にある聖女様関連の本は概ね読んだし、王都の大きな図書館へ行かないとダメか。

「いや、待てよ。ソフィア、せっかく聖女様の故郷へ来たんだ。あの杖について何か知っている人がいないか、聞き込みをしよう」

「え……は、はい」

「そんなに心配そうにしなくても、二手に分かれて聞き込みをするわけではないし、話すのは俺だから安心してくれ」

困惑するソフィアを連れて、村の中心部に向かうと、手当たり次第に話を聞いてみる。

聖女の杖に詳しい者を知らないか、聖女様がどこであの杖を手に入れたか知らないか……などと聞いてまわり、この村の長老さんを紹介してもらって話を聞いたのだが、有益な情報は得られなかった。

「仕方がない。遅くなってしまったし、今度こそ店に戻ろうか」

村へやってきた時の道をそのまま戻り、まずは馬車が停まる街へ戻ろうとしたのだが、ソフィアの歩みが遅い。

かなり疲れているようだが、考えてみれば昼食の休憩以外、ずっと歩きっぱなしなのだから当然か。

「ソフィア、すまない。少し休憩しようか」

「い、いえ。私は大丈夫です。それに、早く戻らないと、シアネの町へ戻る馬車がなくなってしまうかと」

「それは確かによくないが、ソフィアの体調も心配なんだ。俺がもっと気を利かせられれば良かったんだが」

「でしたら、こういうのはいかがでしょうか……」

ソフィアの提案により、俺がソフィアを背負って街を目指す。

口では大丈夫だと言っていたが、やはり疲労が溜まっていたようで、ソフィアが俺の背中に抱きつくようにくっつき、動かない。

つい、自分が大丈夫だからと聞き込みまでしてしまったが、元冒険者の俺とソフィアでは体力に差があるのは当たり前なのだから、今後は気を付けないと。

ぐったりしているソフィアを背負ったまま歩き続けると、陽が沈む前に街が見えてきた。

「ソフィア。着いたけど、歩けそうか？」

肩越しに聞いてみたが、反応がない。どうやらソフィアは眠っているようだ。

仕方なく、そのまま街の中へ入り……なぜか、物凄く視線を感じる。

俺たちは年齢的には親子程離れているが、ソフィアは幼い女児ではないし、髪の色が違うので兄妹にも見えないだろう。当然ながら、恋人同士に見えるはずもなく……まさか、人攫《ひとさら》いとでも思われているのか⁉

それなら、この沢山の視線の中に、敵意が含まれているのも納得がいく。

だが、正義感の強い人が騎士団に通報したりすると面倒なので、早く街を出てしまおう。

「すまない。シアネの町まで二人頼む」

「お兄さん。もう今日のシアネ行きの馬車は終わったよ。すまないが、明日の朝の便にしておくれ」

「うそ……だろ」

乗り合い馬車の停留所でチケットを買おうとして……絶望する。

しまった。聞き込みに時間を掛け過ぎた！

これで、聞き込みによる何かしらの成果があれば、まだ救われたのだが、何の情報も得られなかったんだよな。

「……ん。あれ？　私、寝ちゃってました？　すみません」

「あー、気にしないでくれ。それより、シアネ行きの馬車が終わってしまったんだ。ひとまず、この街に泊まろうと思うんだが……」

「泊まるのは構わないのですが、お店は大丈夫でしょうか」

「まぁ明日の昼には帰れるから別にいいんだけど、エミリーに心配を掛けてしまうな」

俺が店を留守にする事が多々あるので、エミリーにもソフィアにも店の合鍵を渡している。

なので、店には入れるが……俺とソフィアがいなければ、何か事件に巻き込まれたのではないかと、エミリーが騎士団に相談したりしないかが心配だな。

ただ、休みの日の内に帰れなくなっただけなのに、大事にされたくはない。

この世界に電話みたいなリアルタイムの連絡手段がないのは辛いところだな。

「とりあえず、歩いて帰れる距離でもないし、宿を探そうか」

そう言って、街の端にある馬車の停留所から、街の中心に向かって歩いていく。

知らない街なので、どこに宿があるのか人に尋ねたいのだが、なぜか街の人たちが俺を避けるように……って、まだソフィアをおんぶしたままだった！

ソフィアが軽すぎて気にならなかったけど、ずっとおんぶして歩いていたら、何だこいつ……ってなるよな。

「ソフィア。そろそろ歩けそうか？」

「はい。リキ様のおかげで、かなり元気になりました。ありがとうございます」

ソフィアを地面に降ろし、改めて歩き出したところで、高い台の上に飾られた銅像を見つけた。

腰に剣を差した少年の銅像で、台座に聖女様の護衛の像と書かれている。

「これが、村で言っていた勇者の像か」

「そうみたいですね。聖女様の銅像と同じで、今にも動き出しそうな像ですし」

「という事は、この腰の剣が聖剣か。俺が持っている二本目の聖剣とは柄の形が全然違うから、一本目の聖剣みたいだな」

鞘《さや》に納められているので、ほんの一部しかわからないが、柄のデザインや鞘の長さから、片手剣だというのはわかる。柄の素材は……聖女の杖と同じローズウッドなのだろうか？　だが、木目が少し違うようにも思える。

それと、鞘の形状は真っすぐで、鍔《つば》の形状から両刃の剣だというのが想像できるな。

年代的に、二本目の聖剣と同じはずで……いや、そもそも聖剣が作られた時期が同じとは限らないか。象嵌加工《ぞうがんかこう》も施されていなさそうだし、今のは一旦忘れて、鞘のデザインから年代を……。

「……キ様？　リキ様？」

「ん？　あぁ、すまない。ちょっとこの剣について調べていたんだ。何かあったのか？」

「あの、もう暗くなってしまいましたが」

「えっ⁉　ご、ごめん！　急いで宿を探そう！」

また悪い癖が出てしまい、ソフィアをかなり待たせてしまったようだ。

もしも、この聖剣の名前がわかれば、捜索スキルで調べてみたいところだが、もう時間も時間なので、近くにいた人に道を聞き、この街に一つしかないという宿へ直行する事に。

だが、来るのが遅すぎたようで、またもや困った事態になる。

「すみません。一人部屋はもう空いておらず、二人部屋なら空いているのですが」

「……ソフィア。本当にすまない」

「え？　何の問題もないと思いますが。では、そちらの部屋でお願いいたします」

俺との相部屋はマズいと思っていたのに、ソフィアが一切躊躇《ためら》う事なく部屋を取る。

「ソフィア、大丈夫なのか？」

「大丈夫とは……何がでしょうか？」

「いや、俺と同じ部屋で一晩過ごすなんて……」

「あの、それは今更だと思うのですが」

いや、確かに同じ家に住んでいるが、それでも寝室というか、自室は分かれているわけで。

もちろん、俺がソフィアに何かする事はないが、プライベートな時間は欲しいのではないだろうか。

ただ、そうは言っても部屋が空いていない以上どうしようもないので、渡された鍵の番号の部屋に入り……絶句する。

二人部屋とは聞いていたけど、どうしてダブルベッドなんだよ！　シングルベッドが二つだと思っていたのに！

「すみません。さすがにこれは想定外でした」

チラっとソフィアに目をやると、ソフィアが顔を真っ赤にして俯いてしまった。

うん。俺も予想していなかったよ。

「とりあえず、俺は床で寝るから……」

「だ、ダメです！　リキ様は私を背負って歩いてくださいましたし、しっかり身体を休めてください！」

「いや、しかし……」

ソフィアと話し合いの結果、互いに背中を向け合って寝るという事に決まり、夕食や風呂を済ませて就寝したのだが……なぜか朝になったらソフィアに抱き枕にされていた。

ソフィアは意外に寝相が悪いのか？　いや、俺も横を向いて眠ったはずなのに、仰向けになっているし、お互い様なのか？

ただ、互いの寝相はどうあれ、いつもなら既にソフィアが起きている時間のはずだから、昨日無理をさせ過ぎた事は間違いないようだ。

起こすのも申し訳ないし、とはいえ抱きつかれたままというのも……一体俺はどうすればいいんだっ⁉

身動き一つ取れずに固まっていると、モゾモゾとソフィアが動き出し、ゆっくりと目が開く。

「ん……あれ？」

「おはよう、ソフィア」

「リキ様のお顔が、こんなに近くに……夢？」

「いや、どういうわけか、目が覚めたらこうなっていたんだ」

凄い至近距離で、互いに目が合ったまま状況を説明していると、暫くしてソフィアの顔が紅く染まっていき、大慌てで飛び退く。

「も、申し訳ありませんっ！」

「いや、今回は部屋が部屋だし、仕方がなかったというか、そもそも俺が時間を使い過ぎてしまったのが悪いからさ……」

「と、とりあえず着替えますね」

「ちょ、ちょっと待ってくれ。部屋の隅に行くから」

互いに身支度と朝食を済ませ、急いで乗り合い馬車の停留所へ向かう。

だが、昨日の事があるからだろうか。宿を出てから……というか部屋を出てからずっと、どこからともなく視線を感じる。

これも俺がソフィアを背中から降ろし忘れていた事が原因と言えるので、反省しつつ馬車へ。

無事に馬車が動き出したので、ようやく店に帰る事ができそうだ。

ただ、馬車が出発してからも、時折視線を感じるのは嫌だな。もう街を出るのだから、そっとしておいてくれと言いたいところだが、俺が前方から視線を感じると思った時には、その相手から既に目を逸らされていて、何も言う事ができない。

まぁ特に何をされるわけでもないから、無視しておくが。

「さて……エミリーに何て言おうか」

「昨日、出掛ける事は言っていなかったんでしたっけ？」

「そうなんだ。変な事になっていなければいいんだが」

「あ！　エミリーさんにお土産を買うのを忘れていました！」

エミリーの話からお土産の話になってしまい、そこから更に話が脱線していく。

そうだ。来た時も、こうして話がどんどん脱線していって、最終的になぜかナスの話になっていたんだった。

今回も同様に話が逸れ、シアネの町が見えてきた時には、お昼ご飯の話になっていた。

「シアネの町だよ」

ソフィアと話をしている内にシアネに着くと、時折俺たちを見ていた男も立ち上がる。

よりによって同じ町で降りるのか。

少し嫌だが、ソフィアはそもそも視線にも、それに含まれている敵意にも気付いていなさそうなので、何も言わずに去ろう……そう思っていたのだが、どういうわけかその男が停留所からずっと後をつけてくる。

仕方がないな。

「あれ？　リキ様。お店はこちらの道では……」

「いや、気にしないでくれ」

小声でソフィアに声を掛けると、人気のない——既に取り壊しが決まっている再開発区画で足を止め、背後を振り返る。

「さて。停留所からずっとつけてきているが、何の用か教えてもらおうか」

「リキ様？　えっ⁉」

困惑するソフィアを俺の背中に隠すと、先程の男が姿を現す。

どこかで見た事があるような気もするし、ないような気もする。その程度の印象の男なのだが、一体何者なのだろうか。

「気付いていたのか」

「あれだけ敵意を向けられていたんだから、当然だ。それで、何の用だ？」

「何の用？　そうだな……最初は見逃してやったんだ。まぁ俺も悪いと言えば悪いからな」

こいつは何だ？　何の話をしているんだ？

「だから、あえてこの町には戻ってこなかった。一応、俺の元仲間もいるしな。ところが、さっきの街で偶然お前を見かけ……その女と楽しそうにイチャついているじゃねーか。これにはさすがに俺も頭にきちまったんだ。どうして、お前だけそんなに幸せそうに暮らしているんだってな」

「さっきから何を言っているんだ？」

「おっと、お前のせいで投獄された後の話をしていなかったな。あの日、お前に魔法でやられた後、仲間たちからパーティを追放され、冒険者の資格も剥奪。更に、この町への出入り禁止まで言い渡され、絶望しながら王都へ向かったんだよ」

俺のせいで投獄？　というかスキルが増える武器を使わないと、俺は魔法なんて使えないんだが……待てよ。確か、こんな話を騎士から聞いたな。

「お前……まさかダグラスなのか？」

「あぁ、そうだ。あるお方のおかげで、顔が変わっているから、わからなかっただろう？　だが、そのおかげで、こうしてこの町へ戻ってくる事ができたんだ。素晴らしい力まで授かってな！」

そう言って、ダグラスがどこからともなく闇色の丸い何かを取り出した。

何かはわからないが、黒い宝玉のようなものの中で、黒い何かが蠢《うごめ》いているようだ。

「り、リキ様！　あれはダメです！　何かはわかりませんが、凄く嫌な魔力を感じます！」

「お。そっちの女はこの魔力を感じ取れるのか？　この宝玉から放出されている魔力に気付いた奴は初めてだが……もしかして、あのお方が言っていた、聖女の子孫とかって奴なのか？」

「よくわからないが、とりあえずあの黒いのがよくないんだな？　任せろっ！」

空間収納から愛剣ルーン・ブレイドを取り出すと、一気にダグラスとの距離を詰め、黒い宝玉に向かって振り下ろす……が、防がれた⁉

「ほぉ。今回は魔法じゃなくて、剣を使うんだな」

「前も魔法は使っていないが……それより素手でこの剣を止めるっていうのは、どういう事だ？　自分で言うのも何だが、魔力を帯びた剣で、ドラゴンだって斬れるんだが」

これは誇張でも何でもなく、ただの事実だ。カールと共に、何体ものドラゴンを斬り倒してきた。

だが、ダグラスの黒く変色した左腕が、いとも容易く俺の剣を受け止めている。

「言っただろ？　素晴らしい力を授かったと。この腕とこの宝玉は、魔王様の御力だ。俺とこの宝玉を斬りたければ、聖剣でも持ってくるんだな」

「へぇ……じゃあ、そうするよ」

「何を強が……っ⁉」

魔王の力の真偽はさておき、俺の剣を止めたのは事実なので、ルーン・ブレイドを空間収納へ格納すると同時に、聖剣を取り出してダグラスを叩き斬る。

聖剣の刀身がダグラスの黒い左腕に食い込み……僅かな抵抗と共に、聖剣が振り下ろされ、腕ごと黒い宝玉を斬った。

だが、腕は斬り落としたというのに、黒い宝玉にはヒビ一つ入らない。

「な……なぜ⁉」

「お前が自分で言っただろ。聖剣を持ってこいって。これが、その聖剣だよ」

「そんなバカな！　どうして、ただの貸し武器屋が聖剣を……」

「そんな事は、どうでもいい。魔王の力というのは何だ⁉　この黒いものは何なんだ！」

ダグラスの胸倉を掴んで問いただすと、嫌な笑みを浮かべながら、ニヤニヤと見つめてきた。

「まさか聖剣を持っている奴が、よりによってお前とはな」

「それより、俺の質問に答えろ！　答えれば、命は助ける！」

「ふっ。魔王様の御力を身体に注いだ代償だ。身体の一部を失うと、体内の魔力が暴走して、身体が消滅する。もう闇の宝玉は誰にも止められねぇ！　お前のせいで街が滅ぶのを、指を咥《くわ》えて見ているんだな！」

「街が滅ぶ⁉　何を言っているんだ！」

「ふふふ。あの宝玉には、スタンピードを起こす魔王様の御力が込められている」

スタンピードを起こす魔王の力……って、新聞に書いてあった、各地でスタンピードが多発しているっていう、あの事なのかっ⁉

とりあえず、この黒いのを壊せばいいのかと思い、オリハルコンのハンマーを思いっきり叩きつけたのだが、ビクともしない。

聖剣による聖なる力でもダメだし、どうすればいいんだっ!?

「リキ様。それは、私が封じます」

「ソフィア？　何を……」

「任せてください……白の結界」

ソフィアが目を見開き、聞いた事のない魔法を発動させると、黒い宝玉の周りに白い壁が現れた。

その白い壁が静かに狭まっていき、黒い宝玉をガッチリ包み込む。

「……聖女様が魔王を封じた魔法です。これで、その黒い宝玉から魔力が漏れる事はないと思います」

「凄いな。ソフィアは、そんな魔法が使えたのか」

「す、すみません。私の力というか、たぶん血筋によるものかと……」

聖女の子孫だから使えたのであって、自分が凄いわけではない……とソフィアは言うが、そんな事を言ったらスキルなんて殆どが女神様から授かったもので、自分の努力で習得したスキルを持つ者なんて、極少数だからな？　だから、そんなに自分自身を卑下する必要はないと思うのだが。

「甘い甘い甘い！　お前は魔王様の魔力が視えていたんだろ？　もう、近隣のダンジョンに魔王様の御力は届いた後だ！　今更、宝玉の魔力を封じたところで、意味なんてねぇよ！　もうこの町は終わりだ！　先に地獄で待ってるぜ！　ふはははははっ！」

笑いながら、ダグラスの身体が黒い塵《ちり》に変わっていき、身に着けていた剣や服だけがその場に残る。

どうやら、ダグラスが先程話していた事は本当のようだ。

つまり、この街に向かってスタンピードが起こるというのは、変えようがないという事か。

「ソフィア！　ここからは時間との闘いだ！　俺は冒険者ギルドへ行く！　ソフィアは騎士団へ！　この話を伝えて、街の人たちを避難させるんだ！」

「わ、わかりましたっ！」

スタンピードが発生した街は、壊滅とは言わないが、甚大な被害を受けるのは間違いない。

街を囲む壁が突破されると、店や家が壊され、大勢の人々が殺される。

どこの街でも起こって欲しくない事だが、この町では特に起こって欲しくない。

自分の店があるからというのももちろんあるが、これまでの古文書の調査が終了し、最近ではお客さんとしっかり向き合い、人となりもわかってきた。他愛のない雑談で笑い、冒険者としての方向性や使う装備品の事で相談を受ける事も増えてきた矢先だというのに。

何としても、この街の人たちを助けるんだ！

全速力で冒険者ギルドへ駆け込み、至急の用件だと、直接ギルドマスターの部屋へ。

「リキ様⁉　突然どうされたのですか⁉」

「スタンピードだ！　この町に向かって魔物の群れがやってくる！　急いで街の人たちを避難させて欲しい！」

「えぇっ⁉　そ、そんな話はどこからも聞いておりませんが、本当ですか⁉」

「本当だ！　最近、各地でスタンピードが多発している原因もわかった！　一刻を争う状態なので、騎士団にもうちの従業員のところへ向かってもらっている！　だから、早く！」

俺としては一刻も早く街の人たちを避難させたいのだが、ギルドマスターが目を閉じたまま動こうとしない。一体何をしているんだ⁉

「……リキ様。そのスタンピードはいつ頃起こるかはわかりますか？」

「いや、時間まではわからない。このあとすぐに起こるのか、明日までは大丈夫なのか……それは何とも言えないな」

「なるほど。であれば、町の人たちを避難させるというのは難しいです」

「なぜだ⁉　スタンピードは確実に起こるんだ！」

これは、スタンピードが起こるという根拠が必要だという事か⁉　わからないでもないが、しかし今そんな事を言っている状況ではないんだぞ⁉

そんな事を考えていると、顔に出てしまっていたのか、ギルドマスターが慌てて口を開く。

「リキ様、お待ちください。スタンピードが起こるという事を疑っているわけではないのです。そうではなくて、町の人たちが他の街へ避難している最中にスタンピードが起こるという最悪の事態を避ける為に、町の中で防衛した方がいいと判断したのです」

「それは……確かにその通りか」

辺境の町とはいえ、軽く見積もっても千人以上の人が住んでいる町だ。

スタンピードが起こることを全住人に一斉通知するとパニックになるのは確実なので、一区画ずつ避難させたりする事になるだろう。

そうなれば、移動する長蛇の列となり、そこに魔物の群れが現れたら、絶対に護りきれない。

「それに、町の防衛となれば、騎士団も動きやすいのではないでしょうか。というのも、私はＳ級冒険者であるリキ様の話を信じますが、おそらく騎士団は、スタンピードが起こるという確固たる根拠がなければ動かないはずです」

「今、騎士団にうちの従業員が説明に行っているのだが……」

「もしも提示できる根拠がないのであれば、やめた方がよいかと。話の内容次第では、業務の妨害となり、投獄されかねません」

くっ……俺とソフィアはダグラスの黒い腕と、身体が塵に変わる所を目の当たりにしているのだが、奴は塵になって消えてしまった。

ダグラスが持っていた黒い宝玉なら残っているだろうが、せっかくソフィアが封じてくれたのと、そもそもあの宝玉にスタンピードを起こす力があるという事が証明できない。

「わかった！　急いで騎士団に行ってくるので、冒険者の招集をお願いできないだろうか」

「お任せください！　王都や近隣の街の冒険者ギルドへ、至急の救援依頼も送っておきます」

至急の救援依頼……今回のようなスタンピードの発生時だけに使用できるという、救援信号か。

狼煙《のろし》を上げ、近隣のギルドから救援を求めると共に、他の街でも狼煙を上げてもらって、王都にあるギルド本部にまで迅速に救援を求める手段だ。

だが、救援信号を見たとして、応援が間に合うかどうかだな。これが騎士団であれば、飛竜で高速移動できる竜騎士団を動かす事ができるはずなのだが。

そんな事を考えながら冒険者ギルドを出ると、全力で通りを走る。

「失礼する。こちらに、うちの……ソフィアっ！　ま、待ってくれ！」

騎士団の詰め所に着くと、ソフィアが二人の騎士に拘束されていた。

「俺……私はその女性の雇い主です。どうか解放してくださらないでしょうか」

そう言いながら、この場にいる一番偉そうな騎士に近寄り、そっと金貨を渡す。

騎士が俺の手渡したものをチラっと確認し……ソフィアを解放するように言ってくれた。

あまり袖の下みたいなのは好きではないが、ソフィアを助ける為だからな。

「チッ……ただでさえ忙しいというのに」

ソフィアの腕を掴んでいた騎士たちが手を離し、俺に向かって突き飛ばしてきた。

倒れそうになったソフィアを抱き止めると、今にも泣き出しそうな表情で見上げてくる。

「リキ様。騎士団の方たちが、私の言葉を信じてくださらなくて……」

「いや、すまない。俺も考えが足りていなかった」

ソフィアに謝罪し、詰め所から引き上げる事に。

ただ、出る前に一言だけは言っておく。

「冒険者ギルドは動いてくれましたが……町の外の監視だけはお願いします」

だが、冒険者ギルドが動いたと言っても、騎士団は一切気にしないだろう。

ソフィアに状況を伝えながら冒険者ギルドへ戻ると、騎士団とは打って変わって、大勢の冒険者たちが緊張した様子でギルドマスターの話を聞いていた。

「……というわけで、南北にある二つの門を我々冒険者ギルドで守りたいと考えています！

今回の緊急依頼は、参加するだけで報酬を支払うと共に、貢献度に応じた特別報酬も出します！　強制参加ではありませんが、町の為に是非ご協力願います！」

丁度、ギルドマスターの話が途切れたところなので、俺も大声を張り上げる。

「貸し武器屋の店主だ！　今回参加してくれる者には、うちの武器を何でも好きに使ってもらって構わない！　だから、どうかこの町を守って欲しい」

「貸し武器屋……って、あの持つとスキルが増えるって噂の？」

「その通りだ。噂というか事実だ。店に寄ってくれたら、無償で貸し出すので……」

「マジかぁぁっ！　スキルが増えるって冗談じゃなかったのかよっ！」

俺の言葉で、所々から冒険者の叫び声が聞こえてきた。

連日、大勢のお客さんが来てくれているので、大半の冒険者が知っていると思っていたのだが、そうでもなかったのか。

「……こほん。貸し武器屋の店主さんからの申し入れもありましたし、参加される方は準備を整えて待機願います！　最初に申し上げた通り、いつ魔物が来るかまでは定かではありません！　魔物の侵攻が確認できたら、このギルドの二階に赤い旗を掲げるので、それを見たらすぐに門へ移動してください！」

ギルドマスターの話が終わると共に、大半の冒険者が同じ方向へ……うちの店がある方へと向かいだした。

「リキ様、良かったですね」

「そうだな。後は、肝心の魔物から町を守りきれるかどうかだが……って、しまった！　今は店にエミリーしかいないし、この状況を知らないんだ！」

「い、急いで戻りましょう！」

ソフィアと共に、大慌てで店へ戻ると、入り口の前に冒険者たちが大行列を作っていたので、裏口から店に入ると、エミリーが飛んでくる。

「り、リキさぁぁぁんっ！　どこへ行っていたんですかぁぁぁっ！　それに、このお客さんの数……一体何が起こっているんですかぁぁぁっ⁉」

「すまない。いろいろあったんだ。ただ、時間がないからまずは店を開ける。あと、今日は全て無料で武器を貸し出す事になった。エミリーは、入り口で店内に十人ずつ入るように制限を掛けて欲しい。ソフィアはショーケースの商品の取り出しを頼む。帳簿は書かず、口約束で貸し出しを行う」

とにかく時間との勝負なので、いつもよりもスムーズにお客さんの出入りができるようにと、出入口に俺とエミリーが立ち、口約束で武器を貸しながら、客を帰していく。

「り、リキ様！　店内の武器があと僅かです！」

「追加分を出す！　少し待っていてくれ」

「リキさん！　もう少しで列が捌《さば》けそうですけど……何か外の様子が変です！」

空間収納から武器を出し、慌てて出入口へ戻ると、外にいる冒険者たちから、旗が上がったと言う声が聞こえてきた。

やはり近隣の街からの応援は間に合わなかったか。

残りの冒険者たち全員に武器を貸し終えたので、エミリーに事情を説明して帰宅するように伝え、ソフィアに店の二階で待つように話しておいた。

「そういう事なら、私も戦います！　これでも元冒険者ですから！」

「リキ様。私も、何かお役に立てる事があると思います」

だが二人共、行動を共にすると言う。

エミリーはともかく、冒険者ではないソフィアには店で待っていて欲しいというのが本音だが、スキルが増える杖を手にしたソフィアは、治癒魔法が使える。

おそらく、大勢の冒険者が負傷する可能性が高いので……甘えさせてもらおうか。

「……二人共、ありがとう。だけど、決して無理はしないでくれ」

「はい！」

店を閉め、三人で冒険者ギルドへ行くと、東から魔物の群れが来ているという話だった。

「東というと……森のダンジョンか」

「あの昆虫系の魔物が多いところですよね……」

「その通りだが、昆虫系の魔物は動きが遅い奴が多い。そのおかげで騎士団の準備も間に合うかもしれないな」

エミリーは昆虫の魔物が嫌そうだけど、ギルドマスターは既に騎士団へ要請を出したと言っていたし、町が守られる可能性がかなり高くなるはずだ。

とはいえ、さすがに他の街からの応援が間に合う程ではないと思うが。

「ギルドマスター。北と南の割り振りは、どのように考えているんだ？」

「今の所、どちらに騎士団がどのような配置にするのかがわからない為、ひとまず戦力が均等になるように分けています」

「そうか。じゃあ俺は、魔物が多そうな方に行って、待機しているよ」

「そう言っていただけると助かります。この冒険者ギルドで、一番強いのは間違いなくリキ様ですので」

エミリーとソフィアの三人で待機していると、斥候《せっこう》役と思われる弓使いの男性が飛び込んで来て、ギルドマスターのところへ。

「お疲れ様です。騎士団の配置はわかりましたか？」

「あの、それが……騎士団は全軍で魔物の群れに突っ込んでいきました」

「え？　スタンピードが起きているんですよ？　それなのに、全軍で突撃したんですか⁉」

マジか……それが有効なのは、魔物の群れがダンジョンから出てくる前だろうに。

既にダンジョンから魔物が溢《あふ》れ出し、様々な場所へ散っている可能性がある上に、今回は他のダンジョンからも魔物が来ている可能性があるのだから、悪手でしかない。

それに、攻めるのと守るのでは、確実に守る方が有利だというのに。

魔物がどう動くかわからなくなってしまったので、ひとまず様子見する事にしたのだが、暫くして再び斥候役の者がやってきた。

「ギルドマスター！　騎士団が魔物の大群に囲まれ、身動きが取れないようです！」

「一体、あの人たちは何をしているんだっ！」

報告を受けたギルドマスターが叫ぶが、その気持ちはよくわかる。

それなりに魔物を減らしてくれたのだろうが、大軍を前に固まって突撃すれば、当然そうなるだろうとわかりそうなものだが。

「あと、どれくらい持ちこたえられそうなんだ？」

「え？　わからないです。逃げ場もなさそうですし、何より巨大な蟻が沢山いて……」

「蟻だって⁉　そうか……そういう事か！　ギルドマスター！　冒険者を東の壁へ集めてくれ！　俺は騎士たちの援護に行く！」

斥候が魔物の種類を言って、ようやく騎士団の行動の真意に気付いた。

こんな事なら、自分の目で確認しておくべきだった！

「リキ様⁉　突然どうされたのですか⁉」

「蟻系の魔物は、普通の蟻と同じで、穴を掘るんだ！　つまり、あの魔物の群れは北と南の門になんてやってこない！　そのまま東の壁の下を通って、町の中へ入ってくる！　だから、騎士団は門の防衛ではなく、突撃したんだ！」

考えてみれば、昆虫系の魔物は動きが遅い奴が多いが、全てが遅いというわけではない。

蝶《ちょう》やバッタみたいなタイプの魔物は、この町を囲む三メートル程の壁なんて、易々と越えてくる。急がなくては！

「リキさん⁉　待ってくださいっ！　私も行きますっ！」

「リキ様！　私も……」

「二人共、来るのはいいが壁の内側までだ！　絶対に壁の外には出ないでくれ！　そして、壁の内側に魔物が入り込んでくる可能性が高いから、そいつらを頼む！」

街の東に向かって走って全速力で駆けていく。

町の中心にある冒険者ギルドでは聞こえなかったが、壁の近くまでやってくると、騎士団と魔物たちの戦いの音が聞こえてくる。

そのため、スタンピードが起こっている事は伏せられているにもかかわらず、町の人たちは家に閉じこもっているようで、殆ど人が出歩いていない。

壁のすぐ傍にある、外の監視用の櫓《やぐら》に登ると、壁の上に飛び乗る。

「り、リキさん⁉」

「さっき言った通り、騎士団を助けてくる！　万が一、魔物たちが入ってきた場合は頼む！」

「リキ様っ！」

エミリーとソフィアを櫓に残し、壁から飛び降りると、真っすぐ魔物たちの群れに突っ込んで行く。

幸い、大半の魔物が騎士たちを取り囲んでいて、町の壁にも、そこから駆けていく俺にも気付いていないようだ。

「はぁっ！」

横薙ぎに剣を振るうと、つむじ風が巻き起こり、周囲にいる魔物たちが纏めて吹き飛ばされる。

今回のスタンピードから町を守るため、以前モーリスに貸していた、ワールウインドのスキルが使えるようになるロングソードを自分用に確保しておいたのだが、やはり攻撃スキルが使えると全然違うな。

本来の俺なら、こいつらを一体ずつ斬り捨てていく必要があるのだが、範囲攻撃ができるため、纏めて倒す事ができる。

「大丈夫か⁉」

「アンタは……詰め所に来た娘の店主！　魔物の群れを纏めて吹き飛ばす程の剣の腕だと⁉　いや、それよりどうして、ここに⁉」

「その話は後だ！　怪我人はいないか⁉　空間収納スキルで薬を出せる」

「それは助かる！　向こうの奴らに頼む！　魔物の毒にやられたんだ！」

「任せろ！」

空間収納から毒消しの効果がある薬を取り出し、ぐったりしている者たちに貸していく。

「これを飲むんだ。一つ貸しだが」

「恩に着る……っ⁉　一瞬で体力が……これはまさか、伝説の薬、エリクサーなのか⁉」

「そこまで凄い薬じゃないから気にするな。それより次は誰だ？」

さすがと言うべきか……騒ぎにならないように騎士の言葉を否定したが、今飲ませたのは瀕《ひん》死《し》の状態からでも回復させられる秘薬、エリクサーだ。一つしかないので、貸し借りの手順を踏んでからしか飲ませられないが、負傷した騎士たちはエリクサーで動けるようになると、すぐに隊列に復帰し、魔物たちを薙ぎ払っていく。

これまでは戦える騎士の数が減って苦戦していたようだが、騎士たちが魔物たちを押し始めた。

もう騎士たちは大丈夫そうだ。少し離れた場所に固まっている魔物たちがいたので、つむじ風で吹き飛ばす。

そこには、直径一メートル程の穴が地面に開いていて……マズい！　やられた！

俺が水魔法を使う事ができれば、ここに水を注ぐのだが、そんな魔法は使えないし、そういうスキルが使える武器も今はない。それと、空間収納に飲み水は格納しているが、たかが知れている。

なので、この穴が向かっている先に走るしかない！

壁に向かって走り、思いっきり跳ぶ！

「よっ……と。エミリー！　中に……」

壁に手を掛けて登り、櫓にいるエミリーに状況を聞こうと思ったのだが、そこには誰もいない。

「くっ！　遅かったか！」

壁の上から町を見てみると、所々で魔物が家を壊したり、冒険者と戦っていたりする。

エミリーとソフィアは……いた！

近くで、建物に向かって突進を続けている大きな芋虫みたいな魔物がいたので、飛び降り様に剣を突き立て、町の中を走る。

さすがに町中で、かつ冒険者や逃げる町の人がいる中で、つむじ風を起こすわけにもいかず、愛剣ルーン・ブレイドに持ち替え、一体ずつ斬り捨てていく。

ようやくエミリーたちの所へ辿《たど》り着いたと思ったのだが、魔物に囲まれていて、ソフィアが背後から攻撃されているっ⁉

「ソフィアっ！」

ソフィアに大きな針を刺そうとしていた蠍に剣を投げつけ、間一髪という所で魔物を倒す。

そのまま剣を回収し、辺りにいる魔物たちを全て斬り捨てた。

「リキ様、凄いです！　今の一瞬で、六……いえ、七体を倒してしまうなんて！」

「そんな事より、怪我はないか⁉」

「はい！　ありがとうございます」

「無事で良かった。遅くなってすまない」

「いえ、来てくださってありがとうございます。ですが、エミリーさんが……」

「エミリーがどうかし……エミリー⁉」

いつものレイピアを手にしたエミリーが、無表情のまま斬りかかってきた！

エミリーに後れをとる事はないのだが……なぜだ⁉

「エミリーさんだけではないんです！　冒険者さんの何人かは、こんな感じで人に斬りかかってきて……」

「わかった。エミリー、悪い」

「えぇっ⁉　リキ様⁉」

倒れたエミリーを見てソフィアが顔面蒼白になるが、エミリーを斬ってはいない。

「当て身を食らわせただけ……要は気絶させただけだ」

「そ、そういう事ですか……び、びっくりしました」

「だが、仲間を襲うのか……厄介だな。見たところ、混乱や錯乱といった状態異常ではなさそうだしな」

「はい。それに、エミリーさんは魔物の攻撃をちゃんと避けていて、殆ど攻撃を受けていないはずなんです」

魔物の攻撃をくらい、ダメージと共に毒や麻痺の状態異常を受ける事はあるが、そういった類でもないらしい。

ひとまずエミリーを担ぎながら、ソフィアと共に町を駆け回り、入り込んだ魔物たちを倒し、怪我人を治療していく。

　今の所、強い魔物は全て騎士団が抑えてくれているらしく、小型の魔物ばかりで大きな被害は出ていないようだ。

　だがソフィアの言っていた通りで、ところどころで仲間に攻撃している冒険者や町の人がいる。

　何だ？　町の人が魔物と戦うとは思えないし、すぐそこでも、女性が素手で男性冒険者に殴りかかったりしている。

　到底普通ではないのだが、それにしても町の様々な場所で同じような状態の人を見るのは、何か広範囲の魔法なのだろうか。

　しかし、魔族や悪魔系の魔物、ドラゴンの類であればわかるのだが、昆虫系の魔物が魔法を使うという話は聞いた事がない。

「待てよ。魔法じゃないとしたら？　昆虫の生態とか？」

「リキ様。どうされたんですか？」

「いや、エミリーと似た状態になっている原因は何だろうかと思って」

「そこの女性冒険者さんも、エミリーさんみたいになってしまっていますが、変な魔力は感じないです」

　ソフィアの視線の先では、短剣を持った女性が仲間に斬りかかり……その仲間の男性が女性の武器を弾き飛ばしていた。

だが、素手になっても、腰に差している別の短剣を抜こうとはせずに、素手で仲間に殴りかかっている。

「……あれ？　そういえば、この状態になっているのって、全員女性じゃないか？」

「言われてみれば……全ての女性がこの状態になっているわけではありませんが、確かにその通りです」

「魔法の類ではなくて、目に見えなくて、女性だけ……あっ！　フェロモンか？」

昆虫に限った話ではないが、異性を誘惑するフェロモンを攻撃手段にした魔物がいたら、このような事態も考えられる。

周囲を見渡すと……いた！　町の少し上を大きな昆虫のような魔物が飛び回っている！

あの硬そうな外皮と大きな角は、カブトムシを彷彿《ほうふつ》とさせるのだが、空を飛んで壁を越えてくる魔物もいるはずだと警戒していたのに、地面の下からやってくる魔物に気を取られ過ぎていたようだ。

「はぁっ！」

空間収納から槍を取り出して投げつけるが、動きが素早く、避けられてしまった。

だが甘い！　これは妖精の槍という、投げても自動的に戻ってくる槍だ！　避けられたのなら、もう一度……くっ！　素早いっ！

武器が直接届く高さであれば、どうにでもできそうなのだが、俺は弓矢も魔法も使えないし、つむじ風を起こすスキルも、あの高さでは……どうすればいいんだ⁉

「テイル・ウインド！　リキ様！　今ですっ！」

「ソフィア⁉　助かる！　……たぁっ！」

ソフィアが突風を起こす風魔法を使い、空を飛ぶ魔物の動きが鈍くなったので、再び全力で槍を投げ……命中した！

槍が魔物の身体の真ん中を貫通し、魔物がゆっくりと地面に落ちてくる。

念の為、落下地点まで移動して、念入りに止めを刺して……もう大丈夫だろう。

それから暫くして、壁の外から勝利を祝う声が聞こえてきた。聞こえてくる内容からすると、魔物が撤退し始めたようだ。

もしかしたら、この魔物が指揮官的な立場だったのかもしれないな。

「ソフィア、ありがとう」

「いえ、お役に立てて何よりです」

その後、目覚めたエミリーも元通りだし、冒険者や町の人に怪我人は多数いるものの、亡くなった方はいないそうで……何とかスタンピードから町を防ぐ事ができたようだ。

第五章　元S級冒険者のオッサン、気が付く

スタンピードが発生した後日、冒険者ギルドのギルドマスターに呼ばれ、俺とソフィアはギルドへやってきた。

「リキ様。先日の空を飛んでいた魔物について、本部から回答がありました。あの魔物は特殊固体で、匂いで成人女性を魅了状態にして操る力を有していたそうです」

特殊固体……その名の通り、通常の魔物とは違う、特別な力を有した魔物だ。

ダンジョンの主として最深部にいる事が多く、俺も冒険者時代に何度か倒した事があるな。

もちろんレアな存在なので、先日街を飛んでいた魔物は初めて見たが。

「なるほど。だから、あの魔物を倒したら、魔物が引き上げていったのか」

「そうかもしれませんね。魅了状態になってしまった女性の方々も、今は健康で何ともない事を確認済みですし、壊された建物も修復作業が始まっています。これも、リキ様がスタンピードの発生を教えてくださったおかげです」

「ひとまず、町が無事で何よりだが……あの黒い宝玉は謎のままだな」

スタンピードが収まった翌日、ソフィアと共にダグラスを倒した場所に行くと、なぜか黒い宝玉が消えていた。

もちろん騎士団にも報告済みではあるが、この調査に関しては任せた方がいいと思っている。

ひとまず、魅了状態になってしまったエミリーや町の人たちに問題はなさそうだという事が確認できたので、店へ戻る事にした。

「……リキ様。私、一つ納得できない事があるんですが」

「ん？　ソフィア。どうしたんだ？」

「先程、魔物の力で成人女性が魅了状態になると仰っておりました」

「確かにそうだな。だが、それがどうかしたのか？」

「わ、私も立派な成人なんです！　身体は小さいですが、大人なんです！」

あー、確かにあの町の中で、ソフィアは普通に行動していたな。しかも、その魅了する魔物を倒す為に、魔法も使ってくれたし。

だが俺やエミリーはもちろん、誰もソフィアを子供扱いなんてしていないのだが。

「ソフィア。あまり気にする必要ないと思うのだが」

「ですが……」

「というか、ソフィアの場合は聖女様の力が使えるからじゃないのか？　そういった状態異常に耐性があるとかさ」

うん。そうに違いない。だから、ソフィアは成人女性だけど、魅了状態にならなかったんだ。

誰も傷付けない完璧な答えに辿り着いたと思ったのだが、なぜかソフィアの表情が暗くなる。

難しいな……。

「そ、そうだ。ひとまずスタンピードは何とかなったし、また聖女の杖探しを再開しないとな」

「そうですね！　えっと、また古文書の調べものからですよね？」

「そうなるな。一度、王都の図書館に行かないといけないかもな」

「私も手伝いますので、是非ご一緒させてください！」

先程までは暗い表情を浮かべていたソフィアが、急に顔を輝かせた。

うーん。この辺境の田舎町ではなく、王都に行きたいって事なのかな？

「あ！　待てよ。そういえば、聖女の杖って魔王を封印する事ができたって話だったよな」

「え？　あ、はい。ベルタ様も、魔王を封じた杖について、ご執心だったかと」

「よし！　俺はもう一度ルッカ村へ行ってくる。すまないが、留守番を頼むよ」

「ルッカ村って、先日行った、聖女様の生まれ故郷ですよね？」

「あぁ。俺に策があるんだ」

前に行って、何の手掛かりも得られなかったからか、それともご先祖様である聖女様の墓を荒らすとでも思われたのか、ソフィアが眉をひそめる。

だが、当然故人の墓を荒らすつもりなんてない。

そして、俺の思いついた策に必要な武器は……うん。弱い武器だったからか、先日のスタンピードでも借りられていない。

「ま、待ってください。私もご一緒します」

「それは構わないが……今すぐ行こうと思っているんだけど、大丈夫か？」

「は、はい……ですが、お店とエミリーさんは？」

「店は暫く休みって話をしただろ？　エミリーにも言ってあるし、貼り紙もしたから大丈夫だ」

スタンピードの対応で武器を無償で貸し出したが、期限を明示していなかったので、今週いっぱいまで貸し続けると案内を出している。

今は新たに武器を借りに来る冒険者も殆どいないだろうし、冒険者も町の復旧作業を手伝っている者が大半なので、この休みを利用して聖女の杖探しの依頼を終わらせよう。

店に戻って、念の為に着替えなども用意し、せっかくなので手土産も用意して、いざ出発！

前回同様に、ソフィアと他愛ない話をしていると、あっという間に馬車が目的地の街へ。

前に森の中で食べたソフィアのお弁当はとても美味しかったが、今回は準備してもらう時間もなかったので、食事を街で済ませ、昼過ぎにルッカ村へ到着した。


「リキ様。どちらへ行かれるのですか？」

「まずは、ちょっと人探しなんだけど……見つけたっ！　おーい！」

小さな村であまり遊ぶ場所がないからか、それともこの子がまだ幼く、家から遠く離れた場所へ行くのが禁止されているのか。前に会った時と同じ、聖女様の銅像の前にクレアがいた。

「あれ？　お兄さん！　久しぶりー！　また来たんだー！」

「あぁ。この聖女様の像が素晴らしくてね。あ、勇者の像も見てきたよ。クレアの言う通り、勇者様の像も凄かったよ。特に剣の造詣が細かいところまでしっかりしてあってね。あれで、剣を抜いていたらもっと良かったんだけど、さすがにそれは勇者様のポーズの話だからねー」

「でしょでしょー！　わかるー！　細かいところまで拘って作るのは、さすがご先祖様って感じだよねー！」

聖女様の銅像を作った人の子孫であるクレアと、暫く勇者の銅像の話をしていると、心配そうにソフィアが口を開く。

「あの、リキ様。クレアさんと銅像のお話をしに来たのですか？」

「あ！　うっかりしていた。クレア、前に聖女様の杖がローズウッドの木でできているって教えてくれただろ？　その木を買いたいんだけど、どこで買えるかな？」

「それなら、クレアの家においでよー！　お父さんが木こりなんだー！」

「じゃあ、お言葉に甘えようかな」

「いいよー！　クレアが案内してあげるー！」

そう言って、クレアが俺の手を取って走り出す。

いや、そんなに急いで行く必要はないんだが、ソフィアは大丈夫か？

「クレア、少しだけ待ってくれ。ソフィアが……あっちのお姉ちゃんの顔色が悪いんだ」

「そっかー！　じゃあ、ゆっくり歩いていこー！」

ついさっきまでは、何ともなさそうだったのに……ソフィアの表情が物凄く暗い。

やはりソフィアは体力がなさそうなので、気を付けないとな。

嬉しそうに俺の腕に抱きつくクレアに案内され、結構大きな家にやってきた。

「……もしかして、ここがクレアの家なのか？」

「うん！　そーだよー！」

……木こりって儲かるんだな。いや、木こり以外にも手広く商売をしているんだろうけどさ。

「パパー！　前に話した、銅像好きのお兄さんを連れてきたよー！」

あの、俺は別に銅像が好きなわけではないのだが……まぁいいか。

いかにも木こりといった感じの男性――クレアの父親が奥から出てきたので、持参した手土産を渡しつつ、早速本題へ。

「やぁ、よく来たね。何でも、あの聖女様の銅像のファンだとか」

「そ、そんなところです。それで、あの聖女様が持っている杖を、自分でも作ってみたくて、ローズウッドの木を売っていただけないかと思いまして」

「なるほど。作るのは聖女様ではなく、杖だよね？」

「はい。そうですが……」

「いや、さすがに聖女様の銅像を木で作るとなると、太くて大きな木材が必要になると思ってね。あの杖なら、端材……要は、うちでは使わない枝の部分でも作れるだろう。それなら、好きなだけ持っていってもらって構わんよ」

おぉぉ、多少ふっかけられても購入するつもりだったけど、まさかタダでくれるとは。

やっぱり木こりは儲かるのかもしれない。

杖にできそうないい感じの枝を貰い、礼を言って再び聖女様の銅像の前へ。

「ソフィア。俺は暫く作業をするから、すまないがどこかで待っていてくれないだろうか」

「ここで……リキ様のお傍で作業を見ていてもよろしいでしょうか？」

「構わないが……たぶん、地味な作業で楽しくはないぞ？」

「いいえ。少しでも一緒にいたいんです」

何だろうか。俺が地面に腰を下ろすと、ソフィアが何かを決意したというか、諦めたといえばいいのか……先程までとは違う表情を浮かべ、でも何も言わずに俺の隣に座る。

何かを言えずにいる様にも思えるのだが、俺から聞いてもよいのだろうか。

毎度の事ながら、女性の心は難しいと思いつつ、先程貰ったローズウッドの枝と、バトル・ナイフを空間収納から取り出す。

このナイフは、木工加工スキルが使えるようになるので、これなら俺でも見よう見まねで聖女の杖が作れるのではないかと思う。目の前にお手本があるし、そこまで複雑な形でもないし。

というわけで、暫く無心で木を削り続ける。

「できたっ！　ソフィア、どうだろうか。割と聖女の杖に似ていると思わないか？」

「そうですね。さすがに木目などは違いますが、それ以外はかなり近しいかと」

「そうだよな。さすがは木工加工スキルだ。俺が自力でやろうとしたら、絶対に作れないよ」

銅像の杖と見比べると、俺が作った杖と様々な違いはあるものの、何もなしにこれが聖女の杖だと言われれば、すんなり信じてもらえると思う。

「よし。じゃあ、この杖をソフィアに貸すから、暫く使ってくれないだろうか」

「わかりました。この杖を私が持つ事で、聖女様の封印スキルを使えるようにするという事ですよね？」

「あぁ。素材が同じで、見た目もだいたい同じ。その上、封印スキルが使えるようになれば、実質聖女の杖だと思うんだ」

これが、聖女の杖そのものが欲しいと言われていたらダメだと思うが、ベルタは杖を貸して欲しいと言っていたし、おそらく何か封じたいものがあるのだろう。

そういう意味では、最初からソフィアが封じればいいと思うのだけど、公爵令嬢ともなれば、人に言えない事情もあるはずだ。

「じゃあ、あとは一週間後にはベルタに聖女の杖を渡せるな」

「そうですね……」

「よし。じゃあ、今日は隣の街で宿に泊まって、また明日帰ろうか」

前回同様に隣の街で一泊し、翌朝に店へ帰ってきた。

それから数日が経ち、久々に店をオープンすることになった。

冒険者たちが武器を返しに来たり、また新たに貸したりと、エミリーとソフィアの三人で久々に忙しい日々を過ごしていると、店の外が騒がしくなる。

何事かと、チラっと外を見ると、店の前に馬車が停まっていた。聖女の杖を作ってから一週間が経っていないので、まだベルタには連絡していないのだが……様子見にでも来たのだろうか。

だが、そんな俺の予想に反して、意外な人物が馬車から降りてきた。

「ここか……よう、リキ！　久しぶり！」

「カール⁉　どうしてこんなところに⁉」

「はっはっは。どうしてって、この町の冒険者ギルドが本部に救援要請を行っただろ？　結局、独力で乗り越えたと聞いたけど、実際に自分の目と耳で状況を知ろうと思ってさ」

カールによると、ギルドマスターが狼煙を上げて緊急の救援要請を行った際、カールは王都から遠く離れたダンジョンに潜っていたらしい。

久々に王都へ戻ってくると、このシアネの町から救援要請があったが、その日の内に取り消されたという話と、ギルドのミスだとか、聖女様の再来だとか、いろんな噂が飛び交っていたのだとか。

「まぁそういうわけで、久々に故郷へ帰ってみようっていうのと、リキの店に顔を出そうっていうのもあって、馬車を飛ばしてやってきたんだよ」

「あー、乗り合い馬車じゃなくて、貸し切り馬車を使ったのか。結構高いんじゃないのか？」

「いや、俺はリキと違って家も店も保有していないし、そもそもリキのおかげで使い切れないくらいの金があるからな」

俺のおかげではなく、正当な分配なのだが、もう何度も話してきた事だから、突っ込まなくていいか。

そんな事を考えながら、久々にカールと話していると、周囲の冒険者たちが恐る恐る話し掛けてくる。

「あ、あの。そちらの方って、あの弓聖って呼ばれているＳ級冒険者のカールさんですよね？　そんな方が、どうして貸し武器屋の店長と親しく話しているんですか？」

「ん？　リキ。元冒険者だって言っていないのか？　言っておくが、こいつも元Ｓ冒険者だからな？　確か冒険者ギルドの本部から、剣聖って二つ名を貰っていたよな？」

「いや、その通りだが……その二つ名は好きじゃないんだよ。俺は攻撃系のスキルを一つも持っていないし」

Ｓ級冒険者に昇格すると、ギルドからその冒険者の能力や行動を鑑みて、二つ名が授けられる。

だが、カールの弓聖はその通りだが、俺の剣聖は大きく誤っているんだよな。別に、剣に拘っているのではなく、ただ剣が一番使い易いから、多用しているだけの話だ。

「え⁉　け、剣聖って、あの竜殺しの別名を持つ、S級冒険者リキ……？」

「あぁ、まだそっちの方がしっくりくるかな。ドラゴンなら何体も倒したし」

「えぇぇぇっ⁉　ま、マジですかっ⁉　い、言われてみれば、前のスタンピードの時も、一撃で魔物たちを倒していたような……」

あれ？　最近は割と気さくにお客さんと話をしていたのに、ちょっと距離を置かれてないか？

俺の気のせいならいいのだが。

「それより、リキ。今、誰かが言ったスタンピードについて教えてくれよ。きっとリキに聞くのが一番正確だろ？」

「そうだと思うが、さすがに今はな……カールはどれくらい、この町にいるんだ？」

「特に決めていないが、一週間くらいはいると思うぞ。ギルドから依頼を請けているわけでもないし、久しぶりの里帰りだしな」

「わかった。じゃあ、店が終わってからでいいか？」

「もちろんだ。じゃあ俺は、シスターの所へ顔を出してくるよ。また後でな」

そう言って、カールが店を出ていき、店の前に停まっていた馬車が走りだす。

店の前から、完全に馬車が見えなくなり、ようやくいつもの店内に戻……らない⁉

「て、店主さん！　いえ、竜殺しのリキさん！　あの、握手してください！」

「あっ！　ズルいぞ！　リキさん！　えっと、サイン……サインください！」

あの、俺はあくまでレンタルショップの店長に過ぎないのだが。

少し混乱はあったものの、ひとまず無事に一日を終えて店を閉めたので、約束通りカールと夕食へ行く事にした。

「ソフィア。一緒に行かないか？」

「いえ、私はカールさんの事を殆ど知りませんので、お店で待っていますね」

「そ、そうか。じゃあ、エミリーは？」

ソフィアは確かに初対面だが、エミリーは一応顔見知りのはずだ。

……以前に、俺がエミリーを助けた時にカールも一緒にいただけなので、二人が互いの事を知っているかどうかはわからないが。

「すみません。私もカールさんの事はあまり知らないのと、久しぶりに再会されたお二人に水を差すのもどうかと思いますので」

「いや、久しぶりといっても、ほんの一月程度なんだけどな」

とはいえ、無理に誘うのも悪いので、結局一人で行く事に。

特に待ち合わせ場所は決めていないが、カールの事なので……予想通り、店の前に馬車がやってきた。

「わざわざ来てもらって、すまないな」

「いや、俺は馬車に乗っているだけだからな。とりあえず、行こうか」

カタカタと馬車が走り出し……さすがは貸し切り馬車だな。乗り合い馬車とは違って殆ど揺れない。

しかも、飲み物まであるのか。

「そういえば、どこへ行くんだ？　駆け出しの頃によく行った、いつもの店か？」

「いや、すまないが、念の為にこの馬車の中で食事を済ませようと思っているんだ。店だと誰かに話を聞かれるかもしれないし、俺の予想では今回の件は、何か裏があるだろ？」

「なるほど。全てお見通しか」

「当然だ。何年一緒に行動してきたと思っているんだ」

馬車に飲み物だけでなく、サンドイッチのような軽食も用意されていたので、食べながらスタンピードが起こるきっかけとなった、ダグラスの話をする。

「魔王の力!?　俄《にわ》かには信じられないが……その様子だと本当の話か」

「あぁ。俺だけでなく、店の女性従業員も一緒に目撃しているよ」

「なるほど……リキ。今まで俺と一緒に救援要請を請けて何度かスタンピードから街を守った事があっただろ？」

「そうだな。辺境の街が大半だが、騎士団と協力して何とかやってきたな」

「だが、そもそもスタンピードが発生するのは、数年に一度くらいだろ？　ここ最近は頻発し過ぎじゃないか？」

言われてみれば、確かにそうかもしれない。

俺がこの世界へ来てから、先日のダグラスが起こしたスタンピードがこの町では初めて……つまり、最低でも二十年は発生していなかった。

ところが、最近ではスタンピードが発生したという記事を、しょっちゅう新聞で目にしているように思える。

「まさか、各地で最近頻発していたスタンピードは、あいつが起こしていたのか⁉」

「その可能性は高いな」

「しかし、あいつの言葉を信じるなら、魔王の力を授かったのは、割と最近のはずなんだ」

確か、騎士団に投獄されて、釈放された後に力を得たと言っていたので……十日前くらいだろうか。

「……それはつまり、他にも魔王の力を授かったという者がいるって事か⁉」

「そうかもしれない。そいつも、誰かに力を貰ったと言っていたんだ」

「つまり、黒幕がいるって事か。ただ、一部とはいえ魔王の力を使うんだ。おそらく……魔族だろうな」

かなり前の事だが、魔族の遺物が悪魔を呼び出し、俺とカールで退治した事がある。

今回のスタンピードを起こした黒い宝玉も、あの遺物に似たようなものなのだろう。

それからカールと情報交換を行い、町を一周して店の前へ。

「例の件について、もう少し俺も調べてみるよ。街の宿に滞在しているし、何かあったら呼んでくれ」

「ありがとう。助かるよ」

「じゃあ、またな」

俺が降りると、カールを乗せた馬車が走り出していった。

しかし、仮に魔族がいろんな奴に魔王の力を与えているというのであれば、それは何の為なのだろうか。

各地でスタンピードを起こさせる為？　それこそ、何の為に？

わけがわからぬまま店に入って二階に上がると、リビングでソフィアが待っていてくれた。

だが……何か様子がおかしい。

「ソフィア、どうかしたのか？」

「リキ様。この聖女様の杖を模した杖で、封印のスキルが使えるようになったのではないかと。何となく、そんな気がするんです」

「まだ少し早い気もするが……鑑定してみようか」

ソフィアから杖を預かり、手にした状態で鑑定スキルを使用すると……白の結界というスキルが使えるようになっていた。

これは、ダグラスが持っていた黒い宝玉をソフィアが封じた時に使ったスキルだな。

「ソフィアの言う通りだ！　ありがとう！　これで、無事にベルタの依頼を終える事ができたな」

「はい……では、明日の朝にでもベルタ様へご連絡しておきますね」

「そうだな。頼むよ」

「わかりました。では、リキ様。おやすみなさい」

「あぁ、おやすみ」

良かった。公爵令嬢からの依頼という面倒なのをようやく果たせたな。

次は……そうだな。せっかく勇者の銅像を見つけたわけだし、俺が持っていない、もう一本の聖剣について調べる事にしようか。

やっと肩の荷が下りたので、久々にぐっすり眠る事ができた。

翌朝。目が覚めると、ソフィアが食べきれないくらいに、豪華な朝食を作ってくれていた。

「おはよう、ソフィア。今日は凄いな……しかも俺の好きな料理ばかりだ」

「えぇ。リキ様の好みは全て把握しましたので」

「そうか。ふふっ、ありがとう。いただきます！」

美味しい朝食をいただき、いつもの通り……いや、昨日に引き続いて、冒険者たちから若干距離を置かれている気がするので、俺から距離を詰めるくらいの前のめりな接客を頑張っていると、客足が落ち着いた頃に、店の前へ馬車が停まる。

またリキが来たのだろうかと思ったのだが、うちの店には場違いなご令嬢――ベルタが入ってきた。

「この娘から手紙が届いたけど、例の杖を手に入れたというのは本当かしら？」

「えぇ。こちらです」

昨晩封印スキルが使えるようになったばかりの、聖女の杖に似せた杖を空間収納から取り出して渡すと、ベルタがまじまじと杖を見つめ始めた。

う……思った以上に、しっかり見るな。封印スキルが使いたいだけだから、俺が作った杖でも大丈夫だと思ったのだが、失敗だったか？

公爵令嬢に偽物の杖を渡すなんて……と、罰せられたらどうしようかと内心ヒヤヒヤしていると、俺の心配を他所にベルタが口を開く。

「確かに、聖女の杖のようね。時間が経っているからか、少し魔力が弱まっている気もするけど、杖の中に同じ魔力の波長を感じるわ」

うん。魔力の波長とか言われても、何の事かサッパリなんだが……ひとまずベルタとしては、これでいいみたいだ。

「感謝するわ。謝礼は後で持ってこさせます。こちらの杖を借りるわよ？」

「わかりました。では、お貸しいたします」

「えぇ、確かに借りたわ。では、これで依頼は完了ね。ソフィア、行くわよ」

いつもの貸し借りの口約束も結んだし、後は好きに使ってもらうだけだと思ったのだが、ベルタがソフィアを外に連れ出そうとして、思わず声が出る。

「えっ⁉」

「何を驚いているの？　この娘は聖女の杖を手に入れる為に貸していたのでしょう？」

「あっ……」

見れば、ソフィアはここへ来た時と同じ小さなカバンを手にしていた。

「リキ様。エミリーさん。短い間でしたが、大変お世話になりました」

「そ、そうか……そうだった」

「リキ様。こちらの杖をお貸しいただき、本当にありがとうございました。それでは、失礼いたします」

貸していた杖を手渡され、ソフィアがベルタと共に馬車へ乗り込む。

ソフィアがいる事を当たり前に思ってしまっていて、完全に失念してしまっていた。

どうして……どうして俺は、こんな肝心な事を忘れていたんだっ！

「リキさん……大丈夫ですか？」

「えっ⁉　あ、あぁ。も、もちろん」

「……リキさんって、嘘が吐けないですよねー。まぁでも、一緒に暮らしていたわけですからねー」

「い、いや、ソフィアは俺の半分にも満たない年齢なんだぞ？　む、娘……そう、娘みたいに思っていたからな」

「………まぁリキさんがそう仰るなら、私はこれ以上何も言いませんが」

エミリーが呆れた様子で、店の奥へ行ってしまった。

ソフィアが急に抜けてしまったら、仕事の負荷が大きくなるというのに、要員の補充など、何も考えていなかった俺に、怒りを感じているのだろう。

急いで、ソフィアの代わりを探さないと！

だが……何だ⁉　ソフィアの代わり……と、そう考えただけなのに、胸がチクリと痛む。

自分で自分に何が起こっているかわからず、茫然《ぼうぜん》としていると、いつの間にか俺の傍にいたエミリーにグイグイ押され、店の外に出されてしまった。

「もうっ！　いつまでそうやってウジウジしているんですかっ⁉　リキさんは、そういうタイプじゃないでしょ！　早くソフィアちゃんを迎えに行ってあげてください！　大通りを真っすぐ西に行って、右手に見えてくるのが領主さんのお屋敷です！」

ここは俺の店なんだが……いや、いい加減、俺も素直になろう。俺は、ソフィアに伝えたい事があるんだ！

「……すまない。少しだけ行ってくるよ」

「はい。ちゃんとしっかり伝えてくださいね」

エミリーに後押しされ、大通りを西へ向かって走る。

走りながら、ソフィアに何て伝えようかと考え……なかなか考えがまとまらない。

だが本気で走っていたため、早くも屋敷が見えてきて……突然、身体に衝撃を受ける。

「――っ⁉」

今のは……何だ⁉　どす黒く染まった、嫌な感じが身体を駆け巡ったように思う。

魔力を見る事ができない俺には、今のが何かはわからないが、以前に悪魔と対峙《たいじ》した時に感じた感覚に似ている気がする。

ただあの時とは、この嫌な感じの濃さが全く違い、今回の方が遥《はる》かに邪悪だ。この邪悪な気配は、右手の方から……エミリーに聞いた、領主の館から感じる。

とてつもなく嫌な予感がして、屋敷の周りをグルリと囲っている壁を飛び越え、領主の敷地を邪悪な気配がする方へ向かって走っていく。

通常時なら、今の時点で投獄されても何の文句も言えないが、それどころではないと、数多くの魔物を倒してきた俺の勘が警鐘を鳴らしている。

とにかく嫌な予感がする方向へ走っていくと、大きな屋敷とは異なる古い建物の前で、誰かが……少女が胸から血を流して倒れていた。

あれは……嘘だろ⁉

「ソフィアっ⁉　どうしたんだ、ソフィアっ！」

顔が土色に近く、呼吸がとてつもなく弱い。今にも命の灯が消えてしまいそうなソフィアを前に、大慌てで空間収納からエリクサーを取り出す。

「ソフィア、薬だ！　飲んでくれ！」

ソフィアの頭を抱きかかえ、エリクサーを飲ませようとするが、もう飲む力も残っていないようで、飲んでくれない。

いや、まだだ！　諦めるな！

エリクサーを口に含むと、ソフィアの口に押し当て、無理矢理流し込む。

ダメなのか⁉　……いや、ソフィアの喉がコクンと小さく鳴り……飲んだ！

いける！　もう一度だ！　エリクサーを小分けにして、何度か口移しで飲ませていると、ソフィアの目がゆっくり開いた。

「ソフィア！　良かった！」

「……リキ様？　……リキ様っ⁉　ひゃあぁぁぁっ！」

嬉しさのあまり、横たわるソフィアを抱きしめてしまって悲鳴を上げられてしまったが、緊急事態だったので許して欲しい。

「す、すまない。それより、何があったんだ⁉　その……かなり酷い怪我だったんだが」

「あ、あの……どうして私は生きているのでしょうか？　私、ベルタ様に殺されたはずなのですが……」

「な、何だって⁉　どういう事なんだ⁉」

「それが……いえ、私の事は後にしましょう！　そんな事より大変なんです！　ベルタ様が……いえ、ベルタが魔王を復活させようとしているんです！」

「魔王を復活⁉」

魔王……って、大昔に魔族や魔物を大勢従え、この世界を破滅に追いやったと伝えられている、あの魔族の王の事なのか⁉

「ベルタはなぜそんな事を？」

「わかりません。ですが、あの杖に聖女の血を吸わせると、効果が反転すると言って、いきなり私に杖を突き立ててきて……」

ベルタに攻撃された時の事を思い出してしまったのだろう。ソフィアの顔がどんどん青ざめていく。

「わかった。無理に思い出さなくていいよ。それより、ベルタが本当に魔王を復活させようとしているのなら、止めなければ！」

「その通りで……っ⁉」

「くっ！」

ここへ来るまでに感じたのを更に上回る衝撃が俺たちを襲う。

「今のは、まさか……」

「もう魔王を復活させた……⁉」

「この中……だな？　ソフィアはここで待っていてくれ」

ソフィアを座らせ、古い建物の中へ入ろうとすると、待ったが掛けられる。

「待ってください。私も……私も一緒に行きます！」

「しかし、今の状態で無理に……」

「いえ、魔王が復活してしまったのなら、聖女の血を引く私がもう一度封印しないと！　それに……もう離れるのはイヤです！」

「……そうだな。俺もソフィアに言いたい事があってきたんだった。だけど、先に魔王を何とかしないとな」

「……はいっ！」

ソフィアが立ち上がるが……よろける。

身体の怪我はエリクサーで完全に回復しているはずだが、心が受けたダメージは回復してくれない。おそらく、死にかけた恐怖が足にきているのだろう。

やはりソフィアには待っていてもらうべきか……いや、つい先程一人でいるのが嫌だと言われたばかりか。

「ソフィア、行こう！」

「はいっ！」

ソフィアの小さな手を取ると、二人で建物の中へ。

とにかく広いのと、天井も高そうなのに、照明も窓もないので、この先がどうなっているのかがわからない。

「ソフィア、ここには何があるんだ？」

「わかりません。私を含めたメイドたちは、ベルタからも公爵様からも、この建物には絶対に近付くなと言われていたので」

聖女様はここに魔王を封印したのだろうか。こんな辺境の小さな町に、どうして公爵が住んでいるのかと思っていたが、この封印を管理するためだと言われると合点がいく。

薄暗い建物の中を進んで行くと……何かの気配がするので、愛剣を抜く。

人ではない……と思う。何かが……いる！

「リキ様っ！」

突然、ソフィアに手を引かれると、先程まで俺がいた場所を、何かが通り過ぎていった。

「リキ様！　ベルタの攻撃魔法です！」

「あらあら、貴女……よく生きていたわね。心臓を貫いたのに……もしかして、そっちの男が治癒魔法の使い手だったのかしら？　そうは見えないけど……念の為、殺してあげるわね。二人揃って、魔王様の供物となりなさい！」

そう言って、ベルタが手を前に突き出しているように思える。

くそっ！　暗くて俺はハッキリと見えないのに、ベルタには見えているのか。

「ライティング！」

俺の思考を読み取ってくれているかのように、ソフィアが照明魔法を使用し、周囲が明るく照らされる。日本でいう体育館くらいの広さと高さがある部屋の中に、赤茶色に染まった聖女の杖を持ったベルタが立っているのだが……その姿が人のそれとは大きく違った。

顔や身体はそのままなのだが、頭に角が生え、背中からは大きな黒い翼が生えている。

これはまさか……魔族!?　そう思った時には、黒い何かがこっちに向かって飛んできていた。

「はぁっ！」

飛んできた何かを剣で斬ると、真っ二つになって地面に落ちる。

「へぇ。それを斬るなんて、やるじゃない。S級冒険者っていうのは伊達《だて》じゃないのね」

さっきの黒いのが何かは知らないが、剣で斬れるなら何とかなるはずだ！

とにかく距離を詰めて……っ⁉　足が、動かない⁉

慌てて足下に目を向けると、黒い何かが俺の右足にまとわりついていた。

「あら、残念。せっかく斬ったけど、ブラック・ウーズはそれくらいでは死なないのよ」

「さっきのは魔物っ⁉　いや、悪魔か！」

「ご名答。それじゃあ、さようなら」

そう言って、再びベルタが手を前に出すが、これくらいでやられてたまるかっ！

空間収納から妖精の槍を取り出し、ベルタに向かって思いっきり投げつける。

「うぉぉぉっ！」

「へぇ、何もない所から、武器を取り出せるのね。でも、その槍はもう見たわ」

そう言って、ベルタが俺に向けていた手を槍に向けると、俺の足にくっついている黒い何かに似たものが槍を覆い、床に落ちた。

おそらくあれは、強力なスライムのような存在なのだろう。本来なら自動で俺の手元に戻ってくるはずの妖精の槍が、床に貼り付いて戻ってこられないようだ。

しかし今はそれよりも、この隙を突く為に、俺の足にくっつくブラック・ウーズとやらを斬り、ベルタに駆け寄る。

愛剣を上段に構え、真っすぐに振り下ろすっ！　……が、ベルタが宙に舞い、俺の剣が空を切った。

「……なっ⁉」

「この翼が飾りだとでも思って？　死になさい」

宙に浮いたベルタが、真下にいる俺に向かって両手を突き出すと、その手の間に、紫色の炎が現れ、どんどん巨大になっていく。

この大きさは……マズい！　避けられないっ！

バックステップで後ろに下がるが、既にベルタが炎の弾を俺に向かって放っていて、直撃する！　と思ったところで、ソフィアの声が響き渡る。

「テイル・ウインド！」

ソフィアが風の魔法を使ったみたいだが、この巨大な炎の弾を風で押し返すのは……違うっ！　俺を風で吹き飛ばすのか！

横向きの突風に合わせて俺も横に跳び、何とかベルタの炎を避ける事ができた。

「人間は杖を持たねば、魔法の効果が弱まるはず……ちっ！　その指輪か！　小賢しいっ！」

どうやら、かなり強力な魔法だったようで、先程の巨大な炎はベルタも連発してこない。

だが、ソフィアが奥の手から俺を守った事に腹を立てたのか、小さな黒い火炎弾が雨のようにソフィアに降り注ぐ。

「ソフィアっ！」

この大きさの弾なら斬り捨てられるので、ソフィアを抱きかかえて弾を避け、状況によっては斬り落とす。

ひとまず、あの巨大な弾が来なければ、攻撃を避け続ける事は可能だが、風魔法の力で遠くまで飛ぶ妖精の槍が使えないため、高い位置に浮いているベルタへの攻撃手段がない。

このままだと、ジリ貧でいつかやられてしまう。何か……何かこの状況を打破するきっかけが欲しい。

だが、そんなきっかけを見つける前に、広い部屋の隅へ追いやられた所で、三度目の衝撃が俺たちを襲う。

「あぁ、魔王様……もうすぐ。もうすぐなのですね！」

「さっきより間隔が短くなっているが、今のは……」

「ふふ、魔王様の御力が戻りつつあるのよ！　人間どもよ！　やっと、魔王様が復活す……っ!?」

宙に浮いたベルタが妖艶な笑みを浮かべ、嬉しそうに自分の身体を抱きしめていると、突然背後から何かが飛んで来て、黒い翼に穴が開いた。

翼が破れ、バランスが取れなくなったのだろう。ベルタが驚愕《きょうがく》の表情を浮かべながら、ゆっくりと落下し始める。

その一方で、何が起こったのかと、ベルタを挟んだ反対側……部屋の入口に目を向けると、大きな弓を手にした男性が立っていた。

「リキ！　大丈夫か⁉」

「カール⁉　どうしてここに⁉」

「尋常じゃない程邪悪な気配がするから、忍び込んだんだ。そしたらリキが戦っていたから攻撃したんだが……あいつは倒していいんだろ？」

「あぁ、助かる！」

カールが続けざまに矢を放ち、ベルタの翼を射抜いていく。

だが、射貫けるのは翼だけのようで、身体に飛んでいった矢は弾かれていた。

「私の翼に傷を付けたのは褒めてあげる。でも……その代償は、死で償ってもらうわ！」

そう言って、落下するベルタが身体をひねり、両腕をカールに向けて紫色の炎を生み出した。

「カール！　避けろっ！　巨大な炎が来るぞっ！」

翼を射抜かれた事が余程頭に来たのだろう。ベルタが、あの巨大な紫の炎弾をカールに向けて放とうとしている。

さっきの俺は、ソフィアの風魔法のおかげで避ける事ができたが、あの大きさの攻撃をカールが避けられるとは思えない！

何とかして今すぐ攻撃を中断させないと！

しかし、ベルタが飛べなくなったとはいえ、広い部屋の隅から中心までは距離がある。妖精の槍も使えない状況で、どうすれば一瞬でベルタに攻撃を……待てよ？　この手を使えば……

いけるっ！

「ソフィア！　急ぎの頼みがある！　俺が合図したら、すぐに俺を……」

「えぇっ⁉　わ、わかりました！」

一度きりのチャンスで、失敗すればカールが死んでしまうかもしれない。

ソフィアにプレッシャーを感じさせない為と、本当に時間がない事から、細かい話を一切せずに、やるべき事だけを伝え、ソフィアを床に降ろした。

「ソフィア！　頼むっ！」

「いきますっ！　テイル・ウインド！」

ベルタに向かって剣を構えたところで、真後ろからソフィアが強風を放つ。

その風に乗るようにして前に跳ぶと、一瞬でベルタの背後へ肉薄する！

「ベルタっ！　これで終わりだっ！」

風の勢いに乗ったまま愛剣でベルタの身体を貫くと、互いに落下している最中に、空間収納から聖剣を取り出して、改めて斬りつける。

そのまま俺は床に着地するが、ベルタは床に叩きつけられるように落下し、生み出されていた紫の炎も消えていった。

そして、ベルタも完全に息絶えたのだろう。魔王の力を得たダグラスのように、塵となって消えていく。

だが、塵となって消えていくまでの僅かな間、ベルタが……笑みを浮かべている⁉

「リキ様！　流石です！」

「リキ！　やったな！　助かったよ！」

ソフィアとカールが喜びながら近付いてくるが、ベルタが消えた跡には赤茶色に染まった杖が転がっていて……さっきの笑みといい、嫌な予感がする。

「いや……まだだと思う」

「なぜだ？　昔、悪魔を倒した時も、こうやって消えていったじゃないか。もう完全に倒しただろ」

「だが、この建物に漂う邪悪な気配が消えないんだ」

「それは……」

カールが何か言いかけたところで、またもや衝撃が走る。しかも、これまでにない程の強さで、ソフィアが蹲《つくば》ってしまった。

「魔王が……魔王の復活が止まっていないのか！」

「魔王の復活って……この邪悪な感じは、さっきの魔族じゃないって事なのか⁉」

「あぁ。どうやらベルタは……さっきの魔族は、聖女の杖を使って魔王の封印を解いたんだ」

ベルタを倒しても、肝心の魔王の封印が解かれてしまっては意味がない。

だが、その魔王はどこに封印されているんだ⁉　邪悪な気配は感じるというのに！　この近くにあるのはわかっているのに、その場所がわからないなんて！

「そうだっ！　どうして気付かなかったんだ！　捜索スキルだっ！」

急いで空間収納からレイピアを取り出すと、捜索スキルで魔王を探す。

スキルが指し示す場所は……下っ⁉

「ソフィア、カール！　少し離れてくれ！」

部屋の中心から二人を離すと、オリハルコンのハンマーを取り出し、床に向かって全力で振り下ろす！

床が砕け、大きな穴が空いた中には、以前にソフィアが黒い宝玉を封じた時と同じような、白い立方体が置かれていた。……ただし、その白い壁には、無数の亀裂が入っており、今にも壊れそうだが。

「ソフィア！　急いで来てくれ！」

「これはっ⁉　せ、聖女様の封印の力を使います！　リキ様、杖を貸してください」

要望通り、空間収納からソフィアがいつも使っていた杖を取り出して渡すと、

「いきます！　……白の結界！」

ソフィアがすぐさま封印スキルを使い、白い壁から少しずつ亀裂が消えていく。

これなら、いける！　……そう思ったのだが、少しすると再び亀裂ができていく。

これは、ソフィアの封印スキルの力よりも、魔王の力の方が上回っているという事なの

か⁉

「……っ！」

ソフィアが杖に魔力を込め、苦しそうに表情を歪《ゆが》める。

マズい。今、ソフィアが魔王を封印できず、魔力を使い切ってしまったら……もう魔王の復活を阻止する術がない！

何か……何かできないのか⁉　空間収納に魔力が回復する類の薬やポーションがないかと思ったが、俺もカールも魔法を使わないため、その手のアイテムを格納していない。

エリクサーがあれば、体力だけでなく魔力も回復するのだが、それはつい先程使ってしまった。

他に俺ができる事といえば、何かアイテムを貸して……いや、何を貸すというんだ。

だが、このまま何もしなければ、ソフィアの魔力が尽きてしまう！

「あった……これか。これなら、ソフィアの支援ができる」

ふと、床に落ちていた赤茶色の杖に目が留まった。

俺が聖女様の杖を模して作った自作ニルヴァーナの杖だが、ソフィアの血に染まり、赤茶色に変色している。

この杖は、ソフィアがずっと持っていたので、封印スキルが使えるようになっているのだが、ベルタによって杖の効力が反転させられ、魔王の封印を解いてしまった。

曰く付きの杖だし、ソフィアの血に濡《ぬ》れている事から、ベルタを倒した後も床に転がったままなのだが、俺がこの杖を回収して貸し出す前の……反転させる前の杖に戻せば、封印スキルが使えるようになると思う。

しかしこの杖は、魔王を復活させてしまう程の代物だ。本当に俺の絶対スキルで元に戻るのだろうか。もしも封印の力ではなく、解放の力が発動してしまったら……。

「……キ！　おい、リキ！」

「え⁉　カール⁉」

「この状況で何を悩んでいるんだ！　何かできる事があるんだろう⁉　今、この娘を助けられるのはお前だけだろうが！　今まで幾度となく俺を助けてくれたんだ！　自分の力を信じて、この少女を助けてやってくれ！」

そうだ……そうだな。自分の事を信じられないでどうする！

「ベルタ。俺の杖を返してもらうぞ！」

床に落ちている杖を手に取ると、絶対回収スキルが発動した時の声が聞こえてくる。

『貸与品を回収しました。貸与前の状態に戻します』

改めて杖を見てみると、赤茶色に染まっていた杖が貸す前の、木の色に戻っていた。

いける……きっと大丈夫なはずだ！　俺の……絶対回収スキルの力を信じろ！

「白の結界！」

ソフィアが使っていた封印スキルを発動させると、杖の先端から白い光が発せられ、身体の中から何かが抜け落ちていくような感覚になる。今までスキルを使ってこんな事になった事はないが、これは本当に封印スキルなのか⁉

だが魔王の封印に目をやると、少しずつではあるが、亀裂が消えている。要はこの今使っているのは、ちゃんとした封印スキルなのだが、単純に魔力の消費量が大きいスキルだという事だ。

気力が削られるというか、気を抜けば意識を失いそうになるが、おそらく以前にティナの言っていた魔力枯渇の症状なのだろう。

正直言って、かなり辛い。だが、そんなスキルをソフィアはずっと使い続けているというのに、俺が先に音を上げてどうするんだっ！

「うぉぉぉぉっ！」

「り、リキ様⁉　無理はなさらず……」

「ソフィアっ！　俺はソフィアに伝えたい事があるんだ！　それを言う為にも、ここで意識を失うわけにはいかないんだっ！」

「えっ……わ、私もリキ様に言いたい事がありますっ！　ですから、絶対に……負けませんっ！」

二人で力を振り絞り、封印スキルを使い続けるが……無理をし過ぎたのだろう。

ソフィアがその場に崩れ落ちる。

「ソフィアっ！」

慌ててソフィアを抱きかかえ……集中が途切れてしまったからだろう。杖から出ていた白い光が止まってしまった。

ソフィアを抱きしめながら、何とかもう一度発動させようとするが、カールに止められる。

「リキ、もういいんだ」

「何を……言っているんだ。魔王を止めないと……」

「違うんだ。お前たちはもう、やり切ったんだよ。見えるか？」

カールに言われ、改めて魔王の封印に目をやると、白い壁から綺麗に亀裂が全て消え、周囲に溢れていた邪悪な気配もなくなっていた。

そうか……俺たちは、魔王を封印できたのか。

「ソフィア。やったぞ。俺たちは魔王を……ソフィア!?　ソフィアーっ！」

俺たちはベルタが企んだ魔王の復活を見事に阻止したのだが、その代償として……ソフィアが昏睡《こんすい》状態になってしまった。

エピローグ　Ｓ級冒険者のオッサン、再開する

魔王の復活を阻止して数日が経過した後、俺とカールとエミリーがソフィアの部屋に集まる。

「じゃあ、エミリー……これを貸すから、手筈《てはず》通りに」

「はい。確かにお借りしました」

そう言って、エミリーが目を覚まさないソフィアに、薬を飲ませる。

皆で様子を見守っていると、ゆっくりとソフィアの目が開く。

「あ……リキ様」

「ソフィアっ！　良かった！」

目を覚ましたソフィアを思わず抱きしめると、からかうように囁《ささや》きかけてきた。

「ふふっ、今回は口移しで飲ませてくれなかったんですね」

「え!?　あ、あの時は、もっと危険な状態だったから……って、知っていたのか」

「途中から意識はありましたから」

そう言って、ソフィアが可愛らしく笑みを浮かべる。

良かった。ひとまず、ソフィアは無事のようだ。

「カールさん、どうします？　完全に二人の世界で、私たちがいる事を忘れているみたいです

よ？」

「この娘が目を覚ましたから、リキも店を再開するだろうし、売り場の掃除でもしてやるか」

「そうですね。というわけで、ごゆっくりー」

エミリーとカールがジト目で部屋を出ていってしまったが……うん。エミリーの言う通り、すっかり二人の事を忘れてしまっていた。

「えっと、そういえば、ここは……リキさんのお店の二階ですか？」

「あぁ、ソフィアの部屋だ」

「私の……えっと、魔王は？」

「大丈夫だ。ソフィアのおかげで、完全に封印されたよ」

あの後、俺はソフィアを治癒院へ運び、カールが騎士団やギルドに連絡して、魔王の封印を厳重に国で管理するようにしてもらった。

その後、騎士団の調べでわかった事だが、魔族のベルタは本物の公爵令嬢を亡き者にして、なりすましていたらしい。

俺だけでなく、聖女の杖を見つけられそうな者に、片っ端から声を掛けていたようで、王都にいる他のS級冒険者たちもベルタの事を知っていたそうだ。

「では、もう安心して暮らせるのですね」

「あぁ。俺が作った聖女の杖は空間収納にしまって、もう出さない事にした。まさかあんな事になるなんて、思ってもみなかったからな」

　完全に破壊してしまう事も考えたのだが、聖女の血を引いている子孫はソフィアだけではないだろうし、聖女の墓を暴いてベルタと同じような事をする魔族が現れるかもしれないので、念の為に残しておく事にした。

　とはいえ、このような事は二度と起こって欲しくはないが。

「なるほど。ところでリキ様。何か私に言いたい事があったのではありませんか？」

「あ……そうだった。ここ数日、いろいろあり過ぎてな」

「ふふっ、ゆっくりで大丈夫ですよ。リキ様が伝えようとしてくださっている事……きっと私も同じ事を思っていますから」

「そうか。でも、こうして目の前にソフィアがいるし、今言わせて欲しい」

「はい」

　小さく深呼吸すると、ソフィアの目をジッと見つめ、口を開く。

「俺は、ソフィアがいなくなって、やっと気付いたんだ。俺は……いや俺たちは、ソフィアにいてもらいたいんだ！」

「……え？」

「俺がベルタとの約束を忘れていて、聖女の杖を見つけたら、ソフィアが帰ってしまうという事を失念していた。だから、引き継ぎも何もできずにソフィアがいなくなってしまって……」

「えぇっ⁉　伝えたい事って、そういう話なんですかっ⁉　わ、私はてっきり……」

あれ？　なぜかソフィアがガッカリしているんだが。

「……こほん。あの、リキ様。それでは私からも。もうベルタはいませんし、またここに置いていただけないでしょうか」

「いいのか⁉　もちろん、俺に断る理由なんてないが……」

「ありがとうございます。ではこれまで通り、またリキ様と一緒に暮らさせていただきますね」

「いや、これまで通りというのは違うな。もうソフィアを派遣していたベルタはいないから、リキ様っていうのは違うだろう。これから様付けはなしにしよう」

「えぇっ⁉　そ、それでは、リキ……さん」

呼び方を変えるのに余程抵抗があるのか、物凄く恥ずかしそうにしているが、これは慣れてもらうしかないかな。

ただ、呼び方以外でもソフィアが何か言い難そうにしているが。

「ソフィア。どうかしたのか？」

「あ、あの……実はリキさんに謝らないといけない事がありまして」

何だろうか。最近は調味料を間違えたとか、お皿を割るとかって事は殆どないのだが、実は隠している事が何かあるのだろうか。

「その……私、リキさんのスキルで、使えるスキルが増える武器ができるってわかった時に、聖女様の杖が作れるんじゃないかって思い付いていたんです」

「あー、ソフィアは封印スキルの事を知っていた……って、自分の事だから、知っているに決まっているか」

「はい。でも、もしも試してみてダメだったら、聖女様の子孫だから使えるだけであって、自分の力ではないっていう事が明確になるのが怖くて言い出せなくて。それに、聖女様の杖が作れてしまったら、リキさんと暮らす生活が……」

ソフィアが俯き、どんどん声が小さくなり、泣きだしそうになっているが、来たばかりの頃に、封印スキルの事を教えてくれなかったのは、こういう理由だったのか。

「ソフィア。無事に魔王が封印できたんだからいいじゃないか。それに、俺だって魔王を封印する時に、自分のスキルに自信が持てず、ソフィアを助けるのが遅くなってしまったんだ。俺の方こそ申し訳ない」

「えぇっ⁉　リキさん⁉　あ、頭を上げてください」

「それに俺だって、聖女の杖を見つけたらソフィアがいなくなってしまう事を失念していなければ、あの方法をもう少し先延ばしにしていたかもしれないし」

「えっと、それって……」

「だから、俺はソフィアにいて欲しいって言ったじゃないか」

そう言うと、ソフィアが目を輝かせ……顔を真っ赤に染める。

あれ？　何か変な事を言ってしまったか？

何が失言だったのかわからないため、どうやって撤回しようかと考えていると、部屋にカールとエミリーが入ってきた。

「リキ。掃除も終わったし、そろそろいいか？」

「リキさん、さすがに遅いです。お店の前で、お客さんたちが大勢待っていますよ」

「あー、すまない。そろそろ店を開けるか」

数日間店を閉めていて、今日の午後から再開するって貼り紙を出していたんだった。

「あの、リキさん。窓の明るさから見て、今はお昼ですよね？　普段、お昼にお客さんが並ぶような事ってなかった気がするんですが」

「あー、数日前に倒れた君を、リキが治癒院に運び込んだんだが、魔力枯渇だって言われてね」

「魔力枯渇だと、魔力が回復するまで数日間眠り続けますよね？」

「そうなんだ。だから暫く待つだけで良かったんだが、リキが君の事が心配だから……って、無理矢理俺を連れてエリクサーを取りに行ってね。まぁ俺としては、久しぶりにリキとダンジョンに行って、倒しまくった魔物の素材で儲かったからいいんだけどさ」

カールがここ数日の話をソフィアに説明しているけど、数日間眠ったら起きるって言われても、心配じゃないか。だったら、古文書でエリクサーがある場所を調べて、取りに行った方がいいと思ったんだよ。

それに、思わぬ副産物として、古文書でエリクサーの事を調べていた時に、もう一本の聖剣の記述を見つけたし。おそらく、二週間程で行って帰ってこられるだろうから、次の休みあたりから準備して、またカールと探しに行こう。

「り、リキさん。放っておいても、そのうち目を覚ます私の為に、数日間かけてエリクサーを探しに行ったんですか⁉」

「いや、その……そうだけど、万が一の時の為に、エリクサーが一つあれば安心感が違うし、今後同じような事が起こってもソフィアを守れるようにと思って」

「いえ、怒っているわけではないんですが、あまり無茶はしないでくださいね」

「あ、無茶な事は全くしてないぞ。普通のS級ダンジョンだし」

「S級ダンジョンを踏破できる人は、世の中に数人しかいないんですけど」

なぜかソフィアにジト目を向けられているが、そろそろ売り場へ行く事に。

一階へ降りて、行列ができているドアを開けると、お客さんたちが入ってきたのだが、なぜかこぞって俺のところへやってくる。

「いやー、リキさん。心配したぜー！　あの謎の黒い魔力が町を覆った日から、ずっと姿を見なかったからさー。何でも店員さんの為に、秘薬を探しに行っていたらしいじゃないか。その様子だと無事に見つけられたんだろ？」

「ギルドマスターからも、この町が平和なのは、この店があるおかげだって聞いてるぞ。格安で凄い武器を貸してくれているから、俺たち冒険者が他の街よりも安全に活動できているって」

「リキさん！　良かった……僕、スタンピードの時に、助けてもらったんです！　貴方が無事で本当に良かったです！」

これはもしかして、エリクサーを取りに行く事を、エミリーにしか言わずに出発したせいで、大勢の人たちに心配を掛けていたのか？

「えっと、皆さん。ご心配をお掛けしてしまい、申し訳ありませんでした。貼り紙に書いた通り、本日より店を再開いたしますので、どうぞよろしくお願いいたします」

お客さんたちに向かって声を掛けると、大きな歓声が上がる。

どうやら俺が思っていた以上に、この店は町の冒険者たちから支持されていたようだ。

「リキさんのおかげで、僕たちD級冒険者に昇格したんです！　ずっとお礼を言いたくて……やっとお会いできました！」

「モーリス！　それに、ミアも！　D級冒険者に……って、凄い早さじゃないか！　おめでとう！」

「ありがとうございます！　リキさんのご指導のおかげです！　またもしも機会がありましたら、是非指導してください！」

お客さんたちの中から、モーリスとミアが出てきて、嬉しい報告をしてくれた。

「なっ……リキさんに指導してもらっただと!?　羨ましい……じ、時間があったらで構わないので、是非うちのパーティもお願いします！」

「おいおい。スタンピードから街を救った英雄を困らせるなよ。あ、でも、どこかでチャンスがあれば、うちのパーティもお願いします」

うーん。モーリスを皮切りに指導の申し込み依頼が殺到するようになってしまった。

「カール。この前、話した聖剣探しだが……少し延期してもいいか？」

「この状況だからな。リキが落ち着いてからでいいさ」

「では、これからは冒険者としての指南もしていこうか。ただし、忙しくない時間に限るが」

俺の言葉で、再び店内が湧き上がる。まぁ昼過ぎならいつも空いているし、構わないだろう。

それに、後進が育ってくれれば町がより安全になり、先程延期した聖剣探しも安心して行ける。

ただ、お客さんみんなで俺の名前を連呼するのは、如何なものだろうか。

お客さんたちを止めるかどうか迷っていると、ソフィアとエミリーがやってくる。

「ふふっ、さすがはリキさんです。冒険者さんたちに慕われていますね」

「リキさん。お客さんに慕われているのは良い事ですが、他にも慕ってくれている人はいるんですから、忘れちゃダメですよ？　ねぇ、ソフィアちゃん？」

「ふぇっ⁉　そ、そうですね」

ソフィアとエミリーから、意味深な事を言われるが、真意は教えてもらえず……とはいえ、この店にこうしてお客さんが大勢集まってくれるようになったのは、間違いなく二人のおかげだと思う。

まだまだ世界には俺が入手していない武器が沢山あるから、それらを集めたい気持ちもあるけど、今はこの店を支えてくれている二人と、お客さんたちの為に、これからも頑張っていく事にしたのだった。

了

あとがき

はじめまして。向原行人と申します。

ありがたいことに、グラストノベルスでは三作目となりまして、前作、前々作をお読みいただいた方は、お久しぶりです。


本作は、もしも有名なあの人が異世界に行ったらどうなるだろう……というのをふと考えたのが発端でして、そこからいろいろと肉付けしたり、削ぎ落したりして、皆様のお手元にお届けする事が出来ました。

最終的に、発端となった有名なあの人……の要素はあまり残っていないのですが、もしかしてあの人では!? と本編を読んでお気付きになられたら、ちょっと嬉しいかもです。

もしかしたら、いつかどこかで答えを呟くかもしれません。


本作ではレンタルショップを営むのですが、私は学生時代にテニスコーチとテニスショップのアルバイトを掛け持ちしておりまして、あんなお客さんがいたなーとか、こんなトラブルがあったなー……なんて事を少し思い出したりもしておりました。

テニスショップの店員でありながら、自分自身がテニスコーチでもあるし、プレイヤーでもあるので、商品の説明に熱が入り過ぎたりとか、お客さんの話を聞いて、お店が売りたい商品よりも適した違う商品を勧めてしまったりとか……あとがきを書きながら、いろいろ思い出してしまい、当時のエピソードを延々書けそうな気もしますが、これくらいにしておきます。

以下、謝辞となります。

担当のN様、I様、H様。この度は、本作にご尽力いただき、ありがとうございます。今後ともどうぞよろしくお願いします。

とても可愛いイラストを描いてくださっただぶ竜先生。みんな素晴らしいですが、ソフィアが……ソフィアが特に可愛いですっ！　ありがとうございます。

それから、本作の出版や販売に関わってくださった皆様方には、感謝しかありません。

最後になりますが、読者の皆様。本作をお手に取っていただき、誠にありがとうございます。今後も頑張っていく所存ですので、どうぞよろしくお願い致します。

向原《むこうはら》行人《いくと》

引退した冒険者、のんびりセカンドライフ始めました
～貸したものが全部チートになって返ってくるスキル【絶対回収】で
スローライフがままならない!? ～

2024年７月26日　初版第１刷発行

著　者　向原行人

© Ikuto Mukouhara 2024

発行人　菊地修一

発行所　スターツ出版株式会社

〒104-0031　東京都中央区京橋1-3-1　八重洲口大栄ビル７F
TEL　03-6202-0386（出版マーケティンググループ）
TEL　050-5538-5679（書店様向けご注文専用ダイヤル）
URL　https://starts-pub.jp/

印刷所　大日本印刷株式会社

ISBN　978-4-8137-9349-6　C0093　Printed in Japan

この物語はフィクションです。
実在の人物、団体等とは一切関係がありません。
※乱丁·落丁などの不良品はお取替えいたします。
上記出版マーケティンググループまでお問い合わせください。
※本書を無断で複写することは、著作権法により禁じられています。
※定価はカバーに記載されています。

[向原行人先生へのファンレター宛先]
〒104-0031　東京都中央区京橋1-3-1　八重洲口大栄ビル７F
スターツ出版(株)　書籍編集部気付　向原行人先生

話題作続々！異世界ファンタジーレーベル

ともに新たな世界へ

2025年7月 6巻発売決定!!!

グラストNOVELS

毎月第4金曜日発売

新たな仲間を加えて、
大農園はますますパワーアップ!!

著・錬金王　　イラスト・ゆーにっと

定価:1540円（本体1400円+税10%）※予定価格

※発売日は予告なく変更となる場合がございます。

話題作続々！異世界ファンタジーレーベル

ともに新たな世界へ

グラスト NOVELS

2024年8月
2巻発売決定!!!

毎月第4金曜日発売

著・蛙田アメコ　イラスト・ox

定価:1430円(本体1300円+税10%) ※予定価格

※発売日は予告なく変更となる場合がございます。

話題作続々！異世界ファンタジーレーベル
ともに新たな世界へ

グラスト NOVELS

2024年8月
3巻発売決定!!!

毎月第4金曜日発売

辺獄に戻った真の勇者に、
今度も新たなトラブル発生!?

著・丘野優　　イラスト・布施龍太
定価:1430円(本体1300円+税10%)※予定価格
※発売日は予告なく変更となる場合がございます。

話題作続々！異世界ファンタジーレーベル

ともに新たな世界へ

グラストNOVELS

好評発売中!!

毎月第4金曜日発売

植物魔導師による村づくり、無敵すぎる!!

著・蛙田アメコ　　イラスト・又市マタロー

定価:1320円（本体1200円+税10%）　ISBN 978-4-8137-9128-7